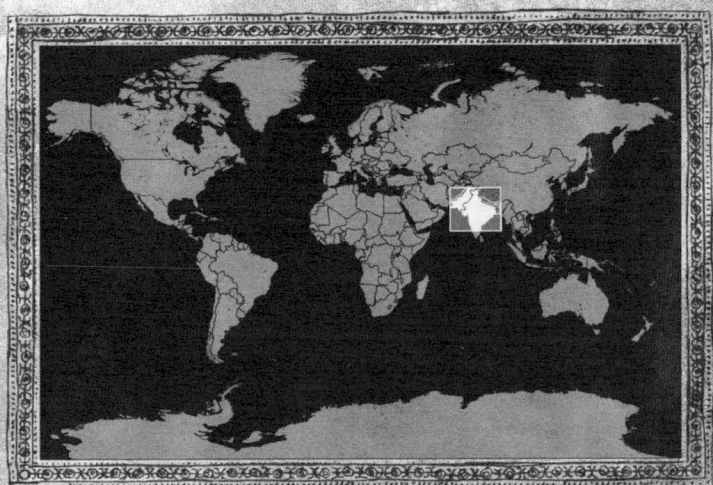

Himalaias

NOVA DELHI

NEPAL

Índia

Golfo de Bengala

Divisão territorial desenhada por sir Cyril Radcliffe durante a Partição da Índia, anunciada oficialmente em 17 de agosto de 1947.

# DARKLOVE.

THE NIGHT DIARY
Copyright © Veera Hiranandani, 2018
Todos os direitos reservados.

Tradução para a língua portuguesa
© Débora Isidoro, 2019

**Diretor Editorial**
Christiano Menezes

**Diretor Comercial**
Chico de Assis

**Gerente de Novos Negócios**
Giselle Leitão

**Gerente de Marketing Digital**
Mike Ribera

**Editores**
Bruno Dorigatti
Raquel Moritz

**Editores Assistentes**
Lielson Zeni
Nilsen Silva

**Capa e projeto gráfico**
Retina78

**Designers Assistentes**
Aline Martins / Sem Serifa
Arthur Moraes

**Finalização**
Sandro Tagliamento

**Revisão**
Ana Luiza Couto
Jéssica Reinaldo
Retina Conteúdo

**Impressão e acabamento**
Gráfica Geográfica

DADOS INTERNACIONAIS DE CATALOGAÇÃO NA PUBLICAÇÃO (CIP)
Angélica Ilacqua CRB-8/7057

Hiranandani, Veera
   O Diário de Nisha / Veera Hiranandani ; tradução de Débora Isidoro. — Rio de Janeiro : DarkSide Books, 2019.
   288 p.

   ISBN: 978-85-9454-087-4
   Título original: The Night Diary

1. Literatura infantojuvenil 2. Índia - História - ficção infantojuvenil 3. Refugiados - Ficção infantojuvenil I. Título II. Isidoro, Débora

19-1325                                                                CDD 028.5

Índices para catálogo sistemático:

1. Ficção infantojuvenil

[2019]
Todos os direitos desta edição reservados à
**DarkSide®** *Entretenimento LTDA.*
Rua Alcântara Machado, 36, sala 601, Centro
20081-010 — Rio de Janeiro — RJ — Brasil
www.darksidebooks.com

# Veera Hiranandani

# O Diário de Nisha

Tradução
**DÉBORA ISIDORO**

DARKSIDE

*Para meu pai*

· · • *14 de julho de 1947*

Querida mamãe,

Sei que você sabe o que aconteceu no dia de hoje, há doze anos, às seis da manhã. Como poderia não saber? Foi o dia em que nós chegamos e você partiu, mas hoje não quero ficar triste. Quero ficar feliz e contar tudo para você. Vou começar pelo início. Você provavelmente já sabe sobre o que estou falando, mas talvez não. Talvez não tenha observado.

Estou feliz por ter feito doze anos. É o maior número que já tive, mas é um número fácil. Fácil de falar, fácil de contar, fácil de dividir por dois. Eu me pergunto se Amil pensa em você nesse dia, como eu. Será que ele gosta de ter doze anos?

Acordamos um pouco antes das sete. Neste dia, Amil e eu normalmente dormimos durante os minutos em que nascemos e, quando levantamos, paramos ao lado da última marca que talhamos na parede com uma pedra pontiaguda. Ninguém mais sabe que ela está lá. Eu faço a marca de Amil e ele faz a minha, e depois comparamos o quanto crescemos no último ano. Amil finalmente me alcançou. Papai diz que um dia ele vai ser maior que todos nós. Isso é difícil de imaginar.

Papai me deu a corrente dourada com o pequeno pingente de rubi que era sua, mamãe. Ele começou a me dar as joias quando fiz sete anos. Agora tenho duas pulseiras, dois anéis de ouro, pequenos brincos de argola de esmeralda e ouro e o colar de rubi. Papai disse que devo guardar as joias para ocasiões especiais, mas ultimamente não houve nenhuma, então uso todas as joias ao mesmo tempo e nunca as tiro. Não sei onde ele guarda tudo, mas todos os anos, no meu aniversário, outra peça aparece na mesinha ao lado da minha cama em um estojo de veludo azul com acabamento dourado. Quando abro, o cetim azul que forra a caixa cintila para mim. Papai sempre pede o estojo de volta depois que tiro a joia.

É segredo, mas quero mais o estojo que as joias. Quero que seja meu e que eu nunca tenha que devolvê-lo. Poderia achar outra coisa qualquer — uma pedra, uma folha, uma casca de pistache — e guardar na caixa. Como num passe de mágica, essas coisas seriam especiais pelo menos por um dia. Talvez ele me dê o estojo quando suas joias acabarem.

Quero contar sobre esse diário que estou escrevendo. Kazi me deu ele hoje de manhã, embrulhado em papel marrom e amarrado com um pedaço de grama seca. Ele nunca me dá presentes de aniversário. Uma vez li uma história inglesa em que uma menininha ganhava um grande bolo cor-de-rosa e presentes embrulhados em papel brilhante e laços no dia de seu aniversário. Pensei nos presentinhos que Kazi nos dá o tempo todo. Docinhos embaixo do travesseiro, ou um tomate maduro da horta fatiado em um prato, com sal e pimenta chili. Bolos e laços devem ser legais, mas existe algo melhor que um tomate perfeito?

O diário tem capa de seda roxa e vermelha com pequenas lantejoulas e espelhinhos costurados nela. O papel é áspero e grosso, e tem cor de manteiga. Não é pautado, então eu gosto. Nunca tive um diário. Quando Kazi me deu esse, disse que era hora de começar a escrever as coisas, e que eu era a pessoa certa para isso. Ele falou que alguém precisa fazer um registro das coisas que vão acontecer, porque os adultos vão estar muito ocupados. Não sei o que ele pensa que vai acontecer, mas decidi que vou escrever no diário todos os dias, se puder. Quero explicar as coisas para você como se estivesse escrevendo um livro de histórias, como *Os Livros da Selva,* mas sem todos os animais. Quero que seja real para você poder imaginar. Quero lembrar o que todo mundo fala e faz, e só vou saber o final quando chegar lá.

Kazi deu cinco lápis de desenho a carvão para Amil. Cinco! Ele também fez kheer[1] para comermos com nossos pooris. Não sei se tem coisa mais gostosa no mundo. Amil, que normalmente come muito depressa, faz seu doce durar muito mais, comendo os menores pedacinhos que consegue. Acho que ele só faz isso para eu ter que ficar olhando ele comer, muito tempo depois de eu ter terminado minha parte. De vez em quando, ele levanta a cabeça e sorri. Finjo que não me importo. Às vezes ele guarda alguns de seus doces para mim, mas não o kheer.

Hoje, porém, nos atrasamos, e Amil não pôde ficar comendo seu kheer para sempre, porque dadi tirou nossos pratos e nos mandou ficar prontos. Amil começou a resmungar sobre a escola e como queria ser adulto para ir trabalhar no hospital, como o papai. "Os tambores soam mais bonitos de longe", dadi falou como ela sempre faz, e nos apressou para a escola.

Vou contar outro segredo, não fique brava. Amil e eu não fomos para a escola. Saímos da cidade e andamos até a plantação de cana-de-açúcar, e tentamos atravessá-la como se fosse um labirinto. Quebramos

---

1 A partir da p. 280 há um glossário com as palavras que são comumente usadas na Índia e no Paquistão. [Nota do editor]

pedaços de cana para mastigar. Mais tarde, paramos embaixo de uma árvore com muita sombra. Amil encontrou insetos para desenhar, e eu li. Depois, compramos pakoras de batata em uma barraca na calçada da cidade, torcendo para ninguém perguntar por que não estávamos na escola. As pakoras eram crocantes e bem salgadas. Amil acha que estavam salgadas demais, mas eu gosto do sabor que fica na língua muito tempo depois de eu terminar de comer.

Em vez de ir para a escola, Amil prefere desenhar e brincar o dia inteiro. Ele prefere qualquer coisa à estudar. Ele desenha muito bem. Sabia disso? Eu não odeio a escola, mas não queria deixar Amil sozinho no dia do nosso aniversário. Quando papai descobrir que não fomos à escola, vai ficar muito mais zangado com Amil do que comigo. É assim que funciona com papai e Amil. Nem sempre foi assim. Amil costumava ser o favorito do papai, acho que porque ele sempre foi mais barulhento, mais feliz e mais divertido que eu. Mas agora Amil não é mais bonitinho e pequeno, e papai está diferente.

Quando tínhamos uns sete ou oito anos, Amil fugiu. Foi quando isso começou. Papai voltou para casa depois de um longo dia no hospital e, durante o jantar, disse para Amil parar de sorrir tanto, porque aquilo o fazia parecer ridículo. Isso só fez Amil sorrir ainda mais.

Então papai disse: "Amil, você não sabe ler. Brinca demais e desenha coisinhas. Precisa ser mais sério, ou não vai ser nada".

"Talvez eu deva ir embora. Assim você vai ficar feliz", respondeu Amil. Ele esperou papai dizer alguma coisa, mas papai não disse nada. Só voltou a comer. Amil levantou-se e saiu de casa. Uma hora depois ele ainda não havia voltado, e fui procurá-lo. Olhei em todos os lugares, no jardim, no galpão, nos chalés de Kazi e Mahit, em todos os lugares onde ele poderia estar. Olhei até na despensa e no guarda-roupa do papai. Papai agia como se nada estivesse acontecendo, mas contei a Kazi que não conseguia encontrar Amil em lugar nenhum, e ele contou à dadi, e dadi contou ao papai, então papai saiu com uma lamparina. Fiquei acordada na cama pensando no que faria se Amil nunca mais voltasse. Não conseguia me imaginar nesta casa, nesta vida sem ele. Ouvi papai voltar e fiquei esperando a voz de Amil ou seus passos, mas não escutei nada e comecei a chorar abraçando minha boneca, Dee, com força. Em algum momento, adormeci. Quando acordei com a primeira luz da manhã, Amil dormia profundamente na cama ao lado da minha. Eu não sabia se havia sonhado com a história toda.

"Amil", chamei, parando ao lado dele para cutucá-lo. "Aonde você foi? Papai sabe que voltou?"

"Papai sabe que voltei", ele falou com uma voz monótona. "Andei até a cidade e continuei andando. Não queria parar. Mas papai me encontrou."

"Ele está zangado?", perguntei.

"Papai sempre vai estar zangado comigo. Não importa se sorrio ou não sorrio. Simplesmente não sou o que ele queria."

"Isso não é verdade", eu disse, e toquei seu ombro. Ele virou para o outro lado. Mas talvez estivesse certo sobre o papai. Desde aquela noite em que ele fugiu, papai parece estar sempre bravo com o Amil por ser o Amil.

Papai deixou um livro na cama de Amil hoje de manhã. Normalmente, no nosso aniversário, ele só me dá a joia e fazemos o puja em nosso templo, oferecendo aos deuses punhados de folhas e doces para um ano próspero, mas papai não falou sobre isso hoje de manhã. Talvez tenha deixado para amanhã. Papai não gosta de ir ao templo. Só vamos no nosso aniversário e no Diwali porque dadi implora para irmos. Às vezes, papai a leva até lá e fica esperando do lado de fora. Eu sempre fico animada para ir. Adoro o cheiro doce das lamparinas acesas. Gosto até do sabor metálico da água sagrada em minha boca. Os sons baixos das preces entoadas e cantadas fazem com que eu me sinta amada. Como se você estivesse ali, olhando. Mas um templo hindu talvez fosse o último lugar ao qual você iria.

O livro de Amil é bonito. É uma coleção de contos do Mahabharata com letras douradas na capa e ilustrações coloridas. Amil vai adorar os desenhos, mas não vai ler o livro. Amil diz que não consegue ler direito porque as palavras pulam e mudam de lugar na frente dele. Papai acha que ele mente para não ter que fazer a lição de casa. Mas eu sei que não é mentira. Vejo como ele estuda o texto com os olhos apertados e o rosto contraído. Vejo como ele se esforça. Às vezes, ele até vira o livro de cabeça para baixo, mas diz que nada ajuda. Acho que é porque Amil é um pouco mágico. Os olhos dele transformam tudo em arte. Talvez Papai tenha pensado que se comprasse um livro realmente muito bom, Amil o leria.

Papai não falou nada sobre não termos ido à escola hoje. Espero que o diretor não mande um portador com um bilhete. Agora estou cansada, preciso tomar meu leite morno e ir para a cama. Amil já está dormindo, fazendo barulhinhos de apito com o nariz. Decidi que a noite é a melhor hora para escrever para você. Assim, ninguém vai me fazer perguntas.

Com amor, Nisha

*15 de julho de 1947*

Querida mamãe,

Hoje só tenho tempo para contar uma coisa, porque minhas pálpebras estão mais pesadas que lençóis molhados. Papai está muito bravo. Eu sabia que ficaria assim que descobrisse. O diretor de Amil mandou um recado. O meu não. Hoje, quando papai ficou sabendo, fez Amil sentar no canto sem café da manhã. Amil não perguntou por que eu não estava de castigo, embora papai devesse saber que eu também havia faltado na escola. Acho que a diferença é que tenho boas notas, e Amil não. Só comi um dos meus chapatis e embrulhei o outro em um guardanapo. Depois o guardei dentro de um livro para dar a Amil quando ninguém estivesse olhando.

Acho que Kazi gosta mais de nós. Papai nos ama, é claro, porque é nosso pai, e dadi nos ama porque é nossa avó. Isso é o que eles devem fazer, mas papai é ocupado demais para demonstrar, e dadi é muito velha. Papai trabalha todos os dias, até mesmo aos domingos. Acho que ele precisa, porque é médico. As pessoas deixam presentes na nossa porta o tempo todo — flores e doces pelas coisas maravilhosas que ele faz por elas. Às vezes, acho que papai não é real. Ele sai cedo com o ar fresco da manhã e nunca faz nenhum ruído. Às vezes, quando volta tarde e me dá um beijo de boa-noite quando já estou dormindo, eu acordo e o vejo. Parece que estou sonhando.

Com amor, Nisha

·· *16 de julho de 1947*

Querida mamãe,

Kazi tem muita energia para nós. Sempre tem. Quando éramos menores, talvez com cinco ou seis anos, ele se sentava de pernas cruzadas no chão e brincava conosco depois de fazer seu trabalho. Lembro que ele foi a primeira pessoa que ensinou Amil a jogar críquete na frente de casa, mostrando a ele como arremessar, rebater e pegar. Papai nunca fez isso. Eu olhava pela janela e os via, e ria muito quando Amil errava a bola, já que ele dificilmente poderia me ver.

    Ajudo Kazi na cozinha o tempo todo, mesmo que dadi não queira. Ela diz que vou me casar bem e ter alguém para cozinhar para mim, como Kazi cozinha para nós. Mas acho que isso não tem graça nenhuma. Mal posso esperar para ser mais velha e fazer o que Kazi pode fazer. Ele me deixa ajudá--lo mais o tempo todo. Sei escolher lentilhas, moer especiarias no pilão de pedra, clarificar manteiga para o ghee e preparar a massa dos chapatis. Costumo terminar minha lição de casa depressa e ir para a cozinha escondida, quando dadi pensa que ainda estou estudando, para ajudar Kazi a preparar o jantar. Ele me vê mesmo quando não está olhando. É como se sentisse meu cheiro. Ele vira e me dá um punhado de ervilhas para descascar. Gosto mais de cozinhar as coisas do que de comê-las. Como Kazi pega todos esses alimentos sem graça — vegetais amargos, lentilhas secas, farinha, óleo, temperos — e sempre os transforma em alguma coisa quente e deliciosa?

Com amor, Nisha

∴ *17 de julho de 1947*

Querida mamãe,

Kazi está certo. Nasci para escrever um diário. Gosto muito mais de escrever do que de falar. Falo muito pouco, basicamente com Amil e Kazi. Eu me sinto normal perto deles. Falo com dadi e papai se for necessário. Mas, com o restante do mundo, as palavras simplesmente não saem, como se parte da minha boca ou do meu cérebro não funcionasse. Falar é assustador porque, quando as palavras são ditas, não podemos pegá-las de volta. Mas se você escreve as palavras e elas não ficam do jeito que você as quer, é possível apagá-las e começar de novo. Tenho a caligrafia mais bonita da minha turma e as notas mais altas em todas as minhas redações. Você ficaria orgulhosa de mim.
    Amil gosta de falar. Ele gosta de correr. Gosta de rir. Gosta de gritar. Mas ele odeia pegar o lápis para qualquer coisa, exceto desenhar. Os professores pensam que ele é burro porque não consegue ler e não faz a lição de casa, mas eles deviam olhar seus desenhos. Amil desenha todo tipo de coisa. Às vezes ele

desenha cobras e escorpiões assustadores com seu lápis preto. Desenha cada perna, cada saliência, cada pequeno detalhe. Às vezes ele me desenha de manhã, quando ainda estou dormindo. É estranho me ver desse jeito, mas eu gosto. Dá a sensação de que não estou sozinha, como se alguém estivesse sempre olhando por mim. Você está, mamãe?

Às vezes, Amil desenha dadi ou papai quando eles não estão olhando e só mostra para mim. Ele desenha Kazi cozinhando. Ele gosta de colar pedaços de papel com farinha e água para criar um espaço maior onde desenhar. Uma vez, Kazi deu a ele um bloco de desenho. Amil só faz seu melhor trabalho no papel depois de treinar muito em pedaços de saco de farinha, jornal, o que encontrar. Ele me deixou tocar o papel do bloco de desenho uma vez. É branco como nuvem, suave como seda. Fico pensando no motivo para Amil ser como é. E por que eu sou como sou. Aposto que você sabe.

Com amor, Nisha

• • • • *18 de julho de 1947*

Querida mamãe,

Hoje aconteceu uma coisa muito estranha. Três homens estiveram em nossa casa à tarde. Não sei por que vieram. Eu estava fazendo a lição de casa. Amil tentava fazer a dele, mas só rabiscava, basicamente. Dadi estava sentada à mesa escrevendo cartas. Papai estava no hospital. Os homens bateram à porta. Um deles era professor em nossa escola, um homem que sempre tinge o cabelo grisalho de vermelho. Sua barba tem cor de pimenta chili. Não reconheci os outros dois. Dadi olhou pela janela e chamou Amil. Depois mandou nós dois irmos para a cozinha com Kazi, e nós fomos. Ela olhou para todos os lados antes de abrir a porta.
    Nós três, Kazi, Amil e eu, ficamos espiando lá do canto. Os homens falavam tão baixo que eu não conseguia ouvi-los. Depois falaram mais alto. Ouvi pedaços e trechos de frases, palavras e nomes sobre os quais já havia escutado papai falar com dadi, já tinha visto nas manchetes dos jornais que eles liam. Eu virava as palavras na minha

cabeça como peças de um quebra-cabeça, tentando entender como se encaixavam: Paquistão, Jinnah, independência, Nehru, Índia, Inglaterra, lorde Mountbatten, Gandhi, Partição.

Dadi assentia e assentia, e o ar cheirava à fumaça dos cachimbos. Ela tentou fechar a porta uma vez e um dos homens, o mais alto, a impediu. Prendi a respiração. Depois, ela finalmente fechou a porta e se virou. Saímos do nosso esconderijo, mas ela não disse nada. Seus olhos estavam bem abertos, e ela e Kazi trocavam olhares cheios de segredos. Amil perguntou o que tinha acontecido.

Dadi acenou para ele ficar quieto, mas Amil não desistiu.

"Se não me falar, eu vou gritar", ele disse.

Cobri minha boca com a mão. Não conseguia acreditar no atrevimento dele.

Dadi franziu a testa. "Não é nada com que se preocupar", ela disse. "E se você gritar", continuou zangada, apontando um dedo para Amil, "seu pai vai ser o primeiro a saber."

Os ombros de Amil caíram. Kazi foi para a cozinha. Terminei minha lição e o ajudei a limpar umas vagens e a cortar alho e gengibre nos menores pedaços que já existiram, mas Kazi não me falou nada, e eu percebi que ele não queria falar.

"Os homens pareciam bravos", comentei mais tarde com Amil, quando estávamos deitados em nossas camas. "Acho que alguma coisa ruim está acontecendo."

"Eu sei", respondeu Amil. "Ouvi os homens perguntarem quando íamos embora."

"Por que iríamos embora?", indaguei.

"Tem alguma coisa a ver com a Índia se libertar da Inglaterra em breve", ele respondeu.

Fiquei pensando no que isso significava, libertar-se da Inglaterra. Por que eles podiam nos comandar, aliás? Não tinham o próprio país para cuidar? Pensei nos homens à porta. Eles pareciam calmos daquele jeito que adultos ficam calmos antes de ficarem muito bravos.

"Lembra quando o papai fazia cócegas em nós?", perguntou Amil, virando de lado para olhar para mim.

"Ele não faz isso há muito tempo", respondi. Quando éramos pequenos, papai nos acordava com cócegas. É estranho pensar nisso agora. Eu me lembro de ter tentado gostar disso, já que Amil gostava tanto. Amil jogava a cabeça para trás e gritava pedindo mais. Eu rangia os dentes e tentava não empurrar a mão do meu pai. Tinha a sensação de estar caindo em um precipício. Perguntei a Amil por que ele estava pensando nisso.

"Porque queria que ele ainda fosse daquele jeito", respondeu Amil, virando de costas novamente. Ele fechou os olhos, e pude ouvir sua respiração ficando mais lenta. Pensei no antigo papai, aquele que fazia cócegas em nós. Nosso pai havia mudado tanto assim? Ou nós apenas tínhamos crescido?

Com amor, Nisha

*19 de julho de 1947*

Querida mamãe,

Mais coisas ruins estão acontecendo. Quando Amil e eu percorremos a distância de um quilômetro e meio até nossas escolas, passamos por muitas coisas. Primeiro, andamos por todo o complexo onde moramos desde que papai se tornou médico-chefe do Hospital Municipal Mirpur Khas. O governo deu uma casa grande para nós, muito maior que a de todo mundo que conheço. Temos nosso bangalô, um galinheiro, jardim e horta, e os chalés onde moram Kazi e Mahit, o zelador da propriedade. À medida que nos aproximamos da cidade, passamos pelo hospital. Depois passamos pela cadeia, para onde todo mundo que faz coisas como roubar dos mercados tem que ir. Dadi diz que não é uma prisão para assassinos. Os assassinos vão para outro lugar. Eu sempre tento atrair o olhar de um prisioneiro quando vou para a escola, porque consigo vê-los pela cerca. Eu me sinto mal por eles. Normalmente, essas pessoas roubaram porque estavam com fome. Mas, às vezes, são pessoas realmente ruins, gente que só quer ser ruim, que machuca e rouba por diversão. Acho que consigo saber quem é ruim e quem não é. Os ruins roubam coisas grandes. Os outros, não.

Nossas escolas são vizinhas, a Escola Pública para Meninos e a Escola Pública para Meninas. A minha é menor, porque nem todas as meninas vão para a escola, mas papai diz que é importante estudar. Hoje, quando íamos para a escola, outros dois meninos começaram a nos seguir. Às vezes isso acontece. Às vezes perseguem Amil, mas normalmente é só para assustá-lo. Ele corre mais rápido que todo mundo que conheço, por isso sempre escapa. Dessa vez, porém, os meninos começaram a jogar pedras em nós. Uma pedrinha acertou a parte de trás da minha cabeça. Amil puxou meu braço e saímos correndo. Amil nos levou para uma viela. Continuamos correndo e atravessamos alguns jardins até chegarmos a mais uma rua de terra. Encontramos um pomar de mangueiras e nos escondemos atrás das árvores.

"Por que eles fizeram aquilo? O que você fez?", cochichei para Amil.

"Nada! Eu não fiz nada", ele sussurrou de volta.

Toquei o pequeno calombo onde a pedra tinha me acertado. Fomos para a escola por um caminho diferente, seguindo por outra rua de terra e atravessando a plantação de cana-de-açúcar, mas demorou muito e nos atrasamos. Depois da aula, voltamos para casa correndo, sem parar. Quando chegamos, paramos na frente da porta para recuperar o fôlego, assim dadi não perguntaria por que estávamos ofegantes.

"É porque somos hindus", disse Amil. Ele olhou em volta e continuou falando baixinho: "Tem muitos lugares na Índia onde hindus, sikhs e muçulmanos agora brigam o tempo todo. Mas aqui ainda não. Kazi me conta o que lê nos jornais. É por isso que aqueles homens vieram à nossa casa ontem. Disseram que os hindus precisam ir embora, e não querem que Kazi more conosco".

"Porque ele é muçulmano?", perguntei, mas Amil não respondeu, só correu para dentro de casa e para o nosso quarto, onde ficou desenhando até a hora do jantar. Pensei naqueles meninos. Eles eram muçulmanos. Todo mundo sabe quem é muçulmano, hindu ou sikh pelas roupas que usam ou pelos nomes que têm. Mas nós todos vivemos juntos nessa cidade há tanto tempo que nunca pensei muito sobre a religião das pessoas. Isso tem a ver com a Índia se tornar independente da Inglaterra? Não entendo como essas duas coisas se relacionam.

Às vezes, Amil sabe coisas que eu não sei. Ele conversa mais com as pessoas e vai ao mercado com Kazi. Tem muitos amigos na escola. Ele não se importa com as palavras que fala, se saem ou não do jeito certo. Queria ser mais como Amil. Não tenho amigos além de Sabeen. Não importa a religião de cada um, todo mundo brinca junto na minha escola. Sabeen é muçulmana, e nós duas sempre almoçamos juntas. Ela não tem muitos amigos porque não para de falar e nunca ouve. Eu não me incomodo. Sou uma boa ouvinte.

Ninguém nunca fala sobre você ter sido muçulmana, mamãe. É como se todos tivessem esquecido. Mas eu não quero esquecer. A verdade mais verdadeira é que não conheço outras crianças cujos pais tenham religiões diferentes. Deve ser uma coisa estranha sobre a qual ninguém quer falar. Acho que somos hindus porque papai e dadi são. Mas você ainda é parte de mim, mamãe. Para onde vai essa parte?

Com amor, Nisha

*20 de julho de 1947*

Querida mamãe,

Ultimamente tenho pensado muito em você. Sempre penso quando meu aniversário se aproxima. Uma vez papai nos contou que eu nasci do jeito certo, mas que Amil nasceu do jeito errado, pois os pés dele saíram primeiro. Um dia, Amil perguntou à dadi se foi por isso que você morreu. Papai disse para ele parar de pensar em coisas tão horríveis e fechar a boca. Mas eu me pergunto a mesma coisa. Espero que Amil não pense muito nisso.

Há uma foto grande sua que o papai mantém na estante de livros, com uma guirlanda em volta dela. Você usa um coque e tem os olhos delineados com kajal. Parece uma artista de cinema. Amil se parece com você pelo nariz comprido e os olhos grandes. Eu sou mais parecida com o papai. Tenho esse rosto redondo e a boca pequena, mas queria ser mais parecida com você, mamãe.

Às vezes, a tristeza por sua partida vem e me encontra depois de ter desaparecido por um tempo. Alguma coisa me faz pensar em você, e eu fico triste por muito tempo. Dadi nunca me beija. Ela só afaga minha mão. Trança meu cabelo e me dá leite com cardamomo quando fico doente. Mas não é a mesma coisa. A mãe de Sabeen volta da escola com ela todos os dias. Vejo as duas se afastando pela rua, o quadril da mãe de Sabeen balançando, a mão dela segurando a da filha, enquanto Sabeen conta tudo sobre seu dia. Como seria sentir sua mão segurando a minha?

Converso com sua fotografia, e você olha para mim. Quando pergunto se pode nos ver de algum lugar, se acha que Amil é inteligente, ou se eu vou ser capaz de falar diante de outras pessoas algum dia, seus olhos dizem sim para tudo.

Com amor, Nisha

• • *21 de julho de 1947*

Querida mamãe,

De vez em quando, Kazi me conta histórias sobre você. Raramente peço para me contarem essas histórias porque tenho medo de que elas acabem. Quero guardá-las como um presente. Hoje à tarde, usei o pilão dele para esmagar sementes de coentro, primeiro batendo nelas com toda a minha força, depois girando o pilão em círculos para achatá-las e transformá-las em pó. Assim que elas se rompiam sob o peso do pilão, eu sentia o cheiro, que me lembra sabão. Kazi cortava cebolas segurando um palito de madeira entre os dentes para não chorar.

Perguntei a ele se você gostava de cozinhar. Kazi balançou a cabeça e tirou o palito da boca. "Ela nunca punha os pés na cozinha. Gostava de pintar. Ia para o fundo da casa e pintava, pintava muito. Alguém tinha que lembrá-la de que precisava comer, ela era assim", ele disse, e devolveu o palito à boca. Como Amil, observei, que sempre comia o mínimo e depressa, quase sem sentir o sabor, e depois pedia licença para poder voltar a seus desenhos ou ver os meninos mais velhos do bairro jogar críquete. Quero ser como você, mamãe, mas não consigo entender alguém que esquece a comida. Kazi tirou o palito da boca de novo.

"É seu pai quem gosta de cozinhar. Foi dele que você herdou esse gosto."

Meu queixo caiu. Papai não faz nem o próprio chá.

"Antes de me contratar, ele cozinhava para sua mãe. Quando recebiam convidados, eles fingiam que era ela quem cozinhava. Ela até mergulhava os dedos no curry para ficar com as unhas amareladas do açafrão."

Balancei a cabeça. Não conseguia imaginar nada disso, meu pai cozinhando, meu pai fingindo. Meus pais fingindo juntos, aqui nesta casa.

"Seu pai me contou", disse Kazi, como se lesse meus pensamentos. Ele cortava uma pilha de pimentas verdes em fatias finas.

Eu ainda não acreditava nele. Tenho certeza de que você gostava de cozinhar, mamãe, mesmo que só um pouquinho.

"Por que ele não pendura as pinturas dela?" Não podia fazer essa pergunta em voz mais alta, era só um sussurro. Eu sabia que papai mantinha as pinturas dela em um canto de seu escritório, atrás de uma cadeira de balanço. Às vezes eu ia dar uma olhada nelas.

Kazi olhava para sua tábua de corte. "Acho que ele fica triste quando vê as pinturas."

Concordei.

"Eles foram muito corajosos, sabe?", continuou. "Não conheço ninguém que tenha feito o que eles fizeram."

Inclinei a cabeça para o lado e prestei muita atenção. Pelo jeito como Kazi baixou a voz, percebi que queria me dizer alguma coisa importante.

"As famílias eram completamente contra o casamento. Um antigo amigo de escola de seu pai, um sacerdote hindu, aceitou casá-los em segredo. Quando chegaram aqui, eles foram isolados pela comunidade, embora todo tipo de gente convivesse bem aqui. Mas casamento sempre foi diferente."

Ele fatiou mais algumas pimentas, e eu girava e apertava o pilão contra o coentro em pó, embora ele já estivesse totalmente pulverizado.

"Eu precisava de um emprego de cozinheiro, porque o restaurante onde trabalhava havia fechado", contou Kazi e interrompeu o trabalho de novo, segurando a faca sobre as pimentas fatiadas. "Procurei em vários restaurantes e casas, mas todo mundo parecia ter ajuda suficiente. Eu estava ficando desesperado, então decidi bater na porta na qual ninguém queria bater. Seu pai me convidou a entrar e me pediu para preparar aloo tikki, o prato preferido de sua mãe. Ele apresentou a refeição a ela. Sua mãe experimentou a comida, e seus olhos se iluminaram. Estou aqui desde então. Seu pai é um médico tão bom que rapidamente conquistou o respeito dos pacientes em Mirpur Khas, e eles passaram a ser aceitos pela comunidade. Quando as coisas estavam melhorando, sua mãe partiu. Só três anos depois de eles terem chegado aqui." Kazi abaixou o olhar e pigarreou.

Absorvi suas palavras e as deixei dançar e girar em minha cabeça, ouvindo-as muitas e muitas vezes, como uma bela música. Não consigo parar de pensar nisso, papai e você tendo segredos. Papai cozinhando antes de Kazi chegar. Você e papai se casando às escondidas e contra a vontade de todo mundo. Como teria sido se você tivesse vivido, mamãe? Essas coisas que Kazi me conta são as lembranças que eu deveria ter. Elas explodem em minha cabeça como fogos de artifício.

Com amor, Nisha.

· · • *22 de julho de 1947*

Querida mamãe,

O dr. Ahmed esteve aqui hoje à noite. Ele é amigo de papai no hospital. Eles são os únicos médicos lá. Papai faz mais avaliações médicas e cirurgias, e o dr. Ahmed ajuda as mulheres a terem bebês. Ele vem à nossa casa uma vez por mês, mais ou menos. Ele e papai fumam cachimbo e ficam acordados até tarde jogando cartas. É a única ocasião em que papai fuma cachimbo. Normalmente, eu os escuto conversando em voz alta e rindo de vez em quando. Papai só ri desse jeito com o dr. Ahmed. Mas hoje à noite, quando estava deitada em minha cama com o mosquiteiro flutuando à minha volta como um fantasma, não ouvi risadas. Eles falavam baixo. Ouvi os nomes de novo, Gandhi, Jinnah, Nehru, Mountbatten. Eles falavam sobre coisas ruins no Punjab, rebeliões, mortes.

Dadi e papai também têm tido muitas conversas cochichadas à noite. Eles sentam na cozinha e não consigo ouvir o que dizem, mas ouço murmúrios, colheres tilintando nas xícaras e os chinelos de dadi arrastando no chão enquanto ela prepara chá para o papai.

Vou contar outro segredo, mamãe. Tenho inveja do papai, porque ele tem a mãe dele, e eu não. Nenhuma mãe anda de um lado para o outro arrastando os chinelos enquanto faz chá para mim. Fico pensando se papai tem inveja de mim, já que o pai dele morreu há muito tempo.

Hoje perguntei ao Amil o que ele acha que está acontecendo. Ele disse que Kazi falou que é verdade. O povo britânico vai libertar a Índia, mas há conversas sobre a Índia ser dividida em dois países, com os muçulmanos indo para um deles, e hindus, sikhs e os restantes, para o outro. Eu disse que isso parecia maluco. Por que a Índia se tornaria dois países de repente?

"Não sei por que, mas é verdade", respondeu Amil.

Engoli em seco para segurar o choro. "Kazi nunca nos deixaria. Somos uma família. Vamos ficar juntos."

"Como você sabe?"

"Por causa da mamãe. Também temos uma parte muçulmana."

"Shh! Não podemos falar sobre isso", sibilou Amil.

Eu quis sorrir, porque ninguém mais faz "shh" para mim, mas fiquei séria. Isso que Amil falou também não é verdade. Ninguém jamais disse para não falarmos sobre isso. E se eu quiser falar, mamãe? E se essa for a única coisa sobre a qual quero falar?

Com amor, Nisha

*.·* *23 de julho de 1947*

Querida mamãe,

Hoje acordei pensando em Kazi e segui o aroma do café da manhã até a cozinha. Fiquei parada na porta e o vi fritando pooris. Ele virou, me viu e acenou para me chamar. Eu me aproximei, e ele me deu uma porção de massa macia. Eu a apertei muitas vezes. Respirei bem fundo, soltei o ar e perguntei se ele ia nos abandonar em breve, quando todo mundo tomasse direções diferentes. Ele olhou para mim e sorriu, depois se inclinou e segurou meu rosto. Suas mãos estavam engorduradas e cobertas de farinha. Eu vi seus olhos se abrirem muito e brilharem mais, como se ele pudesse até chorar. Kazi me disse que eu era como uma filha para ele e que estaria sempre em seu coração. Depois disse para eu não apertar a massa com tanta força, ou ela ficaria como uma pedra, depois de frita. Eu não falei mais nada. Precisei de muita energia para fazer essa pergunta. Queria que ele a tivesse respondido. Não sei quando vou conseguir repeti-la.

Com amor, Nisha

*24 de julho de 1947*

Querida mamãe,

Eu costumava pensar nas pessoas pelo nome e pela aparência que tinham, ou pelo que faziam. Sahil vende pakoras na esquina. Agora olho para ele e penso: sikh. Meu professor, sir Habib, agora é o professor muçulmano. Minha amiga Sabeen é feliz e fala muito. Agora ela é minha amiga muçulmana. O amigo de papai, dr. Ahmed, é agora um médico muçulmano. Penso em todo mundo que conheço e tento lembrar se cada pessoa é hindu, muçulmana ou sikh, e quem vai ter que ir embora e quem pode ficar.

Amil diz que é bom nos libertarmos dos britânicos, mas o que isso significa? Liberdade não é poder escolher onde se quer estar? Talvez Amil esteja inventando coisas. Às vezes ele faz isso. De vez em quando, ele me diz que Kazi fez doce para nós, e não é verdade, ou que papai chegou em casa cedo, e é mentira. Amil acha que está sendo engraçado.

Quero perguntar à dadi, mas ela nunca me diz nada, nada importante, pelo menos. Só me diz para ir fazer minhas tarefas de casa ou as lições da escola.

Tenho um plano. Vou acordar cedo e surpreender o papai de manhã, antes de ele sair para o hospital. Se o esperar à mesa antes do nascer do sol, olhar diretamente para ele e falar bem alto, ele vai ficar tão espantado que vai me dar uma resposta.

Com amor, Nisha

*25 de julho de 1947*

Querida mamãe,

Hoje nada deu certo, e fico feliz por ter esse diário agora para poder lhe contar tudo. Acordei muito tarde, e papai já havia saído. Amil me contou que na escola dele um menino hindu chamou um menino muçulmano de um nome muito feio que não posso nem escrever. Eles brigaram, e os dois foram suspensos da escola por uma semana. Amil disse que, durante a briga, os meninos hindus gritavam de um lado, e os meninos muçulmanos gritavam do outro. Tudo agora é diferente, embora seja exatamente igual. Posso ver a nossa volta, mas não sei que nome dar a isso. É como um som novo que consigo ouvir no ar.

Amil e eu mais uma vez usamos nosso caminho secreto para ninguém poder nos perseguir. Fizemos isso antes. Odeio contar isso, mamãe, mas muitos meninos gostam de debochar do Amil porque ele é muito magro, quase não tem músculos nos braços, não é bom no críquete e fica sentado em um canto desenhando todo mundo. Alguns meninos gostam dele porque é engraçado, mas os mais durões não gostam. Às vezes, Amil faz desenhos desses meninos parecendo bravos, com jeito de monstro, e deixa os desenhos no chão para as pessoas pisarem. Os meninos sempre vão atrás dele, mas Amil é mais rápido. Ele também gosta de desenhar as meninas, e as faz extremamente bonitas, com cílios muito longos. Sua favorita é Chitra. Ela é a menina mais alta e mais linda que conheço. Depois da aula ele vai procurá-la, dá um desenho para ela e sai correndo. Ela sempre joga o desenho no chão, mas eu a vejo sorrir quando Amil o entrega. Ela sempre olha o desenho antes de jogá-lo no chão. Acho que as meninas gostam mais dele que os meninos.

Papai chegou em casa tarde e foi para o quarto sem jantar. Kazi fez só dal e paratha recheado com batatas. Deitada na minha cama, fico pensando em como vai ser o som do ar amanhã. Sabe o que eu queria, mamãe, mais que tudo no mundo? Poder passar só um dia com você, então eu saberia como é sua pele de perto e o som da sua voz. Eu conheceria seu cheiro, como sei que o papai tem sempre o cheiro do sabonete do hospital, de fumaça e dos pistaches que ele carrega no bolso. Então eu poderia pensar nisso quando escrevo estas palavras, e quando tento pegar no sono.

Com amor, Nisha

· · · *26 de julho de 1947*

Querida mamãe,

Amil diz que vamos usar nosso caminho secreto todos os dias. Agora é arriscado demais andar pela rua. Eu disse que isso é culpa dele, porque ele fez muitos retratos zangados dos meninos que o perseguem. Ele só deu risada. Amil ri quando não sabe o que dizer. Odeio cortar caminho pelo canavial. Meus braços e pernas ficam todos arranhados. Quando ando, gosto de pensar no jantar e no que Kazi pode estar preparando. Isso me distrai. Às vezes penso em coisas novas para fazer. Fico tentando imaginar como seria o sabor de pistaches amassados com calda de água de rosas e queijo doce. Penso em um ensopado feito com cordeiro, tomates, creme e damascos. Penso no cheiro de alho e gengibre fritando em ghee ou na sensação do arroz cru escapando por meus dedos.

Falei para o Amil que se contarmos a verdade sobre mamãe a todos os alunos das nossas escolas, talvez possamos ser amigos de todo mundo. Talvez agora isso seja uma coisa boa, em vez de ruim.

Talvez pudéssemos ficar, em vez de sermos forçados a partir.

"Nisha, essa é a maior bobagem que você já disse. Talvez deva ficar sempre de boca fechada", respondeu Amil.

Sei que pode não querer ouvir isso, mamãe, mas cuspi nos dedos dos pés dele, corri para a rua e vim sozinha para casa. Prendi a respiração porque estava com muito medo. Mas ninguém correu atrás de mim, embora eu tenha visto, do outro lado da rua, alguns dos meninos que não gostam de Amil. Então percebi que eles só correm atrás de mim e do Amil por causa dos desenhos ridículos que ele faz e da sua boca grande. Os meninos não estão zangados comigo. Fico mais segura sozinha.

Com amor, Nisha

*28 de julho de 1947*

Querida mamãe,

Peço desculpas, mas não consegui escrever para você ontem e contar o resto da história. Precisei esperar todos os sentimentos pararem de ferver como uma panela de dal e esfriarem o suficiente para eu poder sentir o gosto deles.

Depois de deixar Amil, vim para casa e fui à cozinha. Sentei-me em uma banqueta e observei Kazi cortar vegetais e moer temperos. Ele perguntou se eu queria fatiar o quiabo, mas odeio quiabo. Não sei por que alguém gosta disso. Quando está cozinhando, tem cheiro de terra molhada. Balancei a cabeça para dizer que não. Ele perguntou se eu queria moer pimenta-do-reino. Balancei a cabeça para recusar de novo. Kazi só deu de ombros e me ofereceu um chapati para comer. Comi em silêncio, como Amil tinha dito que eu devia ficar. Talvez ele esteja certo. Talvez seja mais fácil assim. Uma hora passou, mas Amil não voltou para casa. Aqueles meninos podiam tê-lo encontrado, batido nele e o abandonado no chão. Comecei a respirar mais depressa. E se ele estivesse machucado, sozinho e sangrando? E se fosse minha culpa?

Comecei a suar. Abri a boca, fechei, abri de novo, e as palavras saíram lentamente. Contei a Kazi sobre os meninos, os desenhos de Amil, nosso caminho secreto e como hoje fizemos caminhos diferentes. Não contei para ele o que Amil falou.

Kazi largou o pilão e tirou o avental.

"Foi bom ter me contado, Nishi", ele disse. Depois segurou minha mão, a afagou com força e me pediu para mostrar o caminho.

Dissemos a dadi que íamos ao mercado, o que provavelmente não foi uma boa ideia, porque nunca vou ao mercado com Kazi. Mas antes que ela pudesse responder, nós saímos. Andamos pela rua de terra e atravessamos o canavial, então fomos até a escola, mas nem sinal de Amil.

Kazi falou que tínhamos que contar para o papai. Balancei a cabeça com força e mordi o lábio para segurar o choro. Mas não adiantou, e as lágrimas escorreram por meu nariz, pelo queixo e para o chão. Kazi me levou ao hospital.

Entramos no prédio. Nunca gosto de ir lá. Primeiro, por causa do cheiro. É um cheiro limpo e sujo ao mesmo tempo — álcool, flores, vômito e urina. Tudo é branco ou marrom. O exterior é feito de tijolos marrons, e o interior tem piso de cimento marrom-claro, paredes brancas e lençóis brancos nas camas. Odeio ver pessoas doentes, velhos e velhas deitados na cama gemendo, agarrando a manga do avental dos enfermeiros. Ou pior, ver uma menina da minha idade muito magra, com a pele amarelada, os olhos vazios, apoiada na mãe e esperando ser atendida, e me perguntar por que ela está lá e eu estou aqui, podendo correr, sorrir e comer. Pessoas morrem ali o tempo todo. Amil gosta do hospital. Ele corre por lá e dá flores a todas as pacientes idosas. Não tem medo dos doentes como eu tenho.

Um dos enfermeiros se aproximou de nós. Kazi perguntou pelo papai. Ficamos no corredor esperando até o papai aparecer. Ele parou na nossa frente de braços cruzados e olhou para mim antes de falar.

"O que faz aqui, Nisha?", perguntou finalmente.

"É o Amil", sussurrei. Havia uma enfermeira perto de nós dobrando lençóis.

"Não ouvi, Nisha", ele disse, franzindo a testa como faz antes de ficar muito bravo.

"Ele se perdeu", falei tão alto quanto pude, olhando para os meus pés.

"Entendo", ele respondeu. "Não foi isso o que ele me disse. Amil!"

Pulei quando papai gritou o nome dele. Em seguida, Amil saiu de um dos quartos do hospital andando devagar, apoiado em muletas. Ele tinha um curativo na perna. Corri para ele e o abracei. Ele não me abraçou de volta.

"Eles bateram em você?", cochichei em seu ouvido.

"Eles quem bateram em você?", papai perguntou.

Amil e eu nos olhamos. Queria saber o que ele tinha contado ao papai.

"Ninguém!", gritou Amil, e começou a chorar.

"Quem?", insistiu papai.

"Meninos muçulmanos", Amil respondeu entre um soluço e outro.

"Pare de chorar", meu pai falou, aborrecido. Ele odeia quando nós choramos. Desde quando consigo lembrar, chorar só serve para deixar o papai bravo ou fazê-lo se afastar.

Olhei para Kazi, mas ele não estava mais lá. Tinha ido embora? Pisquei para ter certeza de que enxergava bem.

"Eles não me bateram. Eu fugi", explicou Amil, esfregando os olhos com as costas das mãos. Depois respirou fundo e endireitou os ombros. "Fui mais rápido que eles. Eu sempre sou mais rápido que eles."

"Então eles já correram atrás de você antes", meu pai disse.

Amil assentiu.

"Nisha", falou papai, "isso é verdade?"

"Sim, papai", respondi.

"Você está fazendo alguma coisa para provocar esses meninos?", ele quis saber.

O rosto de Amil ficou vermelho.

"Não, papai."

Não era verdade, não exatamente, mas não me atrevi a contar para o papai. Dessa vez era diferente. A perseguição, as pedras. Antes eram coisas estúpidas que os meninos sempre fazem. Agora, tudo tinha uma raiva misteriosa por trás. Não sei o que está acontecendo, mamãe. Queria que você pudesse me explicar. Estou ficando com um medo cada vez maior de perguntar para outra pessoa tudo aquilo que realmente quero saber.

Com amor, Nisha

*.·* *29 de julho de 1947*

Querida mamãe,

Ontem à noite, algumas horas depois de eu ter ido dormir, Amil me acordou. Ele levantou o mosquiteiro e se deitou ao meu lado, na cama. Seu corpo estava mais quente que o meu, mas seco como seda, não suado como o meu.
"Quer saber como foi?", ele perguntou. Uma lua cheia e baixa brilhava no céu, e a luz entrava pela nossa janela como um sol prateado. Ele ergueu o pé muito inchado da picada de escorpião. Eu assenti, tentando me livrar do sono.
"Corri por uma viela para fugir dos meninos, e meu pé escorregou na sandália. Eu vi o escorpião no meu tornozelo. Sacudi a perna tentando tirá-lo dali, e ele me picou. Foi como um choque elétrico se espalhando por todo o meu corpo. Pensei que ia morrer, mas, por alguma razão, não fiquei com medo."
"Doeu?", perguntei.
"Só depois, quando começou a inchar." Ele abaixou o pé com cuidado.
Virei para encará-lo.

"Desculpe por ter deixado você lá. Acha que os meninos iam mesmo bater em você?"

Amil deu de ombros.

"Vou continuar fugindo. Espero que o papai me deixe ficar em casa até meu pé melhorar."

Concordei e prometi a mim mesma que, de algum jeito, convenceria meu pai a deixar Amil ficar em casa até ele poder correr.

"Nunca mais me abandone daquele jeito", falei, e virei para a parede, ficando de costas para ele.

"Para onde eu iria?", ele retrucou, e nós dois adormecemos embaixo do meu mosquiteiro. Costumávamos dormir assim o tempo todo, mas, quando fizemos oito anos, papai disse que tínhamos que dormir cada um em sua cama. Quando temos pesadelos, ou se alguém está com o pé inchado por causa de uma picada de escorpião, não obedecemos à ordem do papai. Mudamos rapidamente cada um para sua cama de manhã, e ninguém nunca fica sabendo. Às vezes penso se teríamos regras diferentes com você aqui, mamãe.

Com amor, Nisha

*30 de julho de 1947*

Querida mamãe,

Quando fomos tomar café hoje de manhã, papai estava sentado à mesa. Não consigo me lembrar da última vez em que o papai tomou café conosco em um dia de semana. Comemos nossos chapatis e dal em silêncio. Bebi um gole do meu leite. Papai bebeu um gole do chá. Depois a dadi bebeu, e depois o Amil, fazendo muito barulho. Estávamos criando uma música estranha. Eu precisei conter um sorriso.

    Quando terminamos, Kazi tirou os pratos e voltou para a cozinha. Papai limpou a garganta fazendo um barulho alto. E então disse o seguinte: "Vocês vão passar um tempo sem ir à escola. A situação não é segura. Dadi e eu daremos aulas a vocês".

    Eu mal conseguia acreditar no que ouvia! Dadi nunca lê nada além de um jornal de vez em quando, e papai nunca está em casa. Como eles poderiam dar aulas para nós? Mas foi isso o que papai disse. Quando Amil ouviu, ele pulou, riu e gritou, porque se apoiou no pé inchado. Ele se sentou depressa, e acho que vi um sorriso no canto da boca do papai.

Então papai esfregou as mãos como sempre faz antes de se levantar e empurrar a cadeira. Eu não ia deixar ele sair sem explicar as coisas direito. Isso era só por causa dos meninos que perseguiam Amil?

Respirei fundo e falei alto e claro, para o papai não pedir para eu repetir.

"Por quê?"

"Por que o quê?" Papai já começava a se levantar.

As palavras não saíam. Comprimi os lábios. Meu coração começou a acelerar. Respirei fundo de novo. Ele agora estava em pé, olhando para mim, esperando. Eu precisava continuar. Queria saber mais do que queria ficar em silêncio. "Por que não é seguro? É por que os ingleses vão embora?", questionei, sentindo meu corpo relaxar um pouco agora que as palavras tinham saído.

Papai sentou-se de novo. Coçou o queixo por um segundo, depois falou: "Em breve a Índia será independente do governo britânico, o que é bom. Eles nos governaram por quase duzentos anos, tratando-nos como cidadãos de segunda classe em nosso próprio país. Mas parece que esse país vai ser dividido ao meio como uma tora". Ele desenhou uma linha no ar. "Mirpur Khas não vai mais estar na Índia. Essa área vai fazer parte de um novo país chamado Paquistão."

Amil e eu nos olhamos. Amil falou a palavra Paquistão em voz alta.

Papai continuou: "Jinnah, o líder da Liga Muçulmana, quer um lugar onde os muçulmanos sejam representados com justiça. Nehru, o líder do Congresso Nacional Indiano, quer ser o primeiro-ministro da Índia. Gandhi quer que todos fiquem juntos, o que eu também quero, mas a maioria do povo não é como Gandhiji. Quando você divide as pessoas, elas escolhem lados. Tem muita confusão e medo por aí. Não quero que vocês se machuquem".

Assenti, mas não consegui entender tudo o que papai dizia. Estávamos à mercê de líderes que não conseguiam entrar em um acordo? Quem o povo ouviria? Pensei em Gandhi. Tinha visto muitas fotos dele no jornal, o homem magro que usava só um dhoti e óculos. Papai dizia que ele era um grande homem, alguém que acreditava que a Índia era um lugar onde pessoas de todas as religiões podiam viver juntas e em paz. Quando as pessoas o deixavam infeliz com suas brigas estúpidas, em vez de gritar ou brigar com elas, ele não comia até as pessoas ficarem em paz novamente. E papai disse que muita gente o ouvia. Mas acho que nem todo mundo.

Quando tínhamos nove anos, papai nos levou em uma viagem noturna de trem para Bombaim para ver Gandhi. Lembro como Amil odiou aquela viagem. Dadi e eu tentamos mantê-lo ocupado com músicas, jogos de cartas e lanches para ele não ficar pulando ou tentando falar com todo mundo. Papai só lia seus trabalhos e livros. Mas, quando chegamos ao destino, depois de muitas horas, havia tanta gente, milhares de pessoas de muitos vilarejos, que só consegui vê-lo rapidamente de longe, um lampejo de seu dhoti branco, a mão acenando. Agora me pergunto se não o imaginei. Gandhi era capaz de consertar as coisas? Teríamos mesmo que ir embora? Amil abriu a boca para dizer alguma coisa, mas papai levantou a mão.

"Essa é a resposta para suas perguntas", ele disse. Depois esfregou as mãos mais uma vez, levantou-se e foi para o hospital. Dadi disse para ficarmos sentados à mesa, e resolvemos alguns problemas simples de adição no ábaco até ela começar a fazer seus barulhos estranhos chupando os dentes e fazer um gesto nos liberando para levantar. A ideia de não ir à escola deixou meu corpo pesado de tristeza. Vou sentir falta de estudar. Gosto de estar perto de pessoas diferentes, mesmo que não fale com elas. Gosto que proponham tarefas para eu poder me ocupar e não pensar muito. Não gosto de pensar em coisas que não consigo entender.

Com amor, Nisha

· · • *31 de julho de 1947*

Querida mamãe,

Kazi tem se comportado de um jeito diferente. Ontem ele me deixou escolher lentilhas e colocar os feijões de molho, mas, quando perguntei se podia moer a pimenta-do-reino, ele respondeu que isso me faria espirrar como na última vez e que eu deveria passar mais tempo com meus livros, já que não estou indo à escola.

O dia passou devagar sem as aulas. Senti como se fosse domingo, dia que normalmente é uma recompensa, mas agora é demais, e estamos enjoados de nossa liberdade. Amil e eu fomos lá para fora depois que dadi nos fez escrever o alfabeto dez vezes, embora eu já faça isso desde os seis anos. Mas a lição não é fácil para Amil. Ele diz que as letras são como insetos e grama balançando ao vento. Não são planas. Elas se movem e mudam em sua cabeça. Ele diz que escreve o que vê no momento. Olho para o papel. Ele não faz uma lista, só coloca cada letra em seu lugar na folha, às vezes do jeito certo, às vezes de cabeça para baixo, às vezes só uma parte da letra, às vezes virada para o lado errado. Ele as enfeita com serpentes sinuosas e escorpiões famintos. É a coisa mais linda que já vi, mas dadi se aproxima e chupa os dentes.

Mamãe, eu aposto que é por isso que você gostava de pintar. Porque podia ver coisas que ninguém mais via, assim como Amil. Queria ser assim. Eu vejo exatamente o que está na minha frente. Às vezes é tão claro que machuca meus olhos.

Com amor, Nisha

•  ∴   *1º de agosto de 1947*

Querida mamãe,

Vou contar o que fiz hoje: acordei, comi um chapati, tomei uma tigela de iogurte e sentei-me à mesa para ajudar dadi a dobrar os guardanapos de pano. Depois, ela me fez escrever o alfabeto. Eu disse a ela que sei escrever o alfabeto de trás para frente cem vezes, e dormindo. Ela bateu na minha mão e disse para eu ir correndo brincar com Amil, que não encontrei em lugar nenhum. Mas não me importei. Só não queria mais ficar sentada à mesa com dadi.
 Vi Amil sentado no canteiro de pepinos. Ele os estava contando. Tínhamos vinte e sete novos, ele me disse. Pegamos um pepino cada um e comemos. Era crocante, meio morno e doce do sol. Agora, tínhamos vinte e cinco.
 Enquanto comíamos, eu ouvia Amil mastigando. Odeio ouvir as pessoas mastigando, principalmente coisas crocantes. Odeio ouvir o barulho da língua estalando na boca. Engolir é a pior parte. Isso me faz pensar na comida mastigada e molhada descendo devagar pela garganta das pessoas, e

tenho vontade de gritar. Mastiguei mais alto para não ouvi-lo mais. Depois entramos, porque estava muito calor, e fomos dormir um pouco. Dadi nos acordou um pouco mais tarde e disse para varrermos a casa. Amil se recusou e saiu correndo antes que dadi pudesse chamá-lo. Deve ter ido se esconder no galpão do jardim, onde ficou desenhando com pedras pontiagudas nas paredes de madeira lisa. Uma vez ele disse que, se algum dia nos mudássemos, ele deixaria nossa história nas paredes. Sempre pensei que nunca iríamos embora, mas, agora, quem é que sabe? Pensei em um estranho, menino ou menina, encontrando os desenhos de Amil e tentando entender o que significavam.

De vez em quando vou lá olhar, ver o que ele acrescentou de novidade. Tem papai com seu estetoscópio e Kazi mexendo o conteúdo de uma panela. Tem dadi costurando. Tem Amil e eu sentados no jardim. São desenhos simples, rústicos. Tem um em que Amil está olhando para mim, e eu pareço muito maior que ele. Fico pensando se Amil se sente realmente muito menor. Se eu soubesse desenhar, faria Amil como um galho comprido, alto e magro, mas quebrável. Eu seria pequena e encolhida, e estaria escondida em algum lugar nas sombras.

Não me incomodei por ter que varrer. Gosto do som relaxante. Depois de varrer, fui para a cozinha, sentei em uma banqueta e fiquei vendo Kazi misturar e cortar. Senti o cheiro no ar. Coentro. Alho. Espinafre. O cheiro picante de grão-de-bico de molho em uma vasilha. Estava com fome e peguei uns rabanetes que vi perto do parapeito, cortei alguns deles, salpiquei pimenta caiena e suco de limão e fui colocando os pedaços na boca, saboreando a mistura de picante e azedo.

Terminei de comer e levantei. Kazi empurrou em minha direção um pote de lentilhas para escolher, ainda de cabeça baixa.

"Está bravo comigo, Kazi?", sussurrei. Descobri que sussurrar chama a atenção das pessoas ainda mais do que falar alto.

Ele levantou a cabeça e me encarou por um momento. Depois sua expressão ficou mais branda.

"Não, não. Eu jamais poderia ficar bravo com alguém doce como você. Estou zangado com o mundo, só isso", disse.

Eu queria perguntar por quê, mas pensei em como a resposta faria meu estômago doer. Então fiquei quieta e escolhi as lentilhas, tomando cuidado para tirar todas as pedrinhas ou sujeiras, e as lavei com água. Pus uma lentilha na boca e tentei mastigar, mas quase quebrei um dente.

Tivemos meu prato preferido de espinafre para o jantar, sai bhaji com poori, e comi tudo. Acho que

Kazi fez aquilo só para mim. Ele fez até gulab jamun para a sobremesa, como se fosse uma festa.

Me lembro de quando fazíamos festas. Papai convidava os irmãos dele com minhas tias e meus primos. Alguns vizinhos também vinham, e papai fumava charuto ou cachimbo com os outros homens lá fora, na varanda. As mulheres ficavam sentadas na sala, bebendo chá e servindo samosa e kebab. Então tínhamos um banquete de biryani de carneiro, dal, curries, poori, paratha e pakora. Quase nunca comíamos carne, exceto nas festas. Minha boca se enchia de água com a riqueza do sabor.

Mais tarde, papai ligava a vitrola, e todas as crianças iam jogar críquete lá fora até ficarem exaustas e deitarem no chão. Alguém punha um doce em minha boca e me mandava para a cama. Tinha tanto barulho e tantas risadas que tarde da noite eu começava a falar com meus primos quase sem pensar. Minha voz se misturava a todas as outras. Era o eu que sou por baixo de tudo, o eu que costuma ficar aqui dentro.

Desde que Amil e eu ficamos um pouco mais velhos, papai não gosta mais de fazer festas. Não sei por quê. Papai era mais feliz. Ou Amil e eu éramos mais felizes, talvez. Não sei qual dos dois.

Hoje à noite fingi que estávamos em uma festa enquanto comíamos o gulab jamun. Gosto de fazer o meu durar o máximo possível, sentir a calda de água de rosas fazer cócegas na língua. Depois convidei Amil para jogar xadrez antes de irmos para a cama.

Quando papai foi nos dar boa-noite, senti o cheiro da calda de água de rosas da sobremesa em seus lábios. Esse doce também é o favorito dele. Virei na cama e cochichei no ouvido dele: "Quando vamos poder voltar para a escola, papai?". Amil se sentou na cama dele e olhou para nosso pai. Mas papai só afagou minha cabeça e saiu. Não faço muitas perguntas, por isso seria mais justo se ele respondesse as poucas que faço. Ele devia ser um pouco mais grato. Eu poderia ser como Amil e fazer uma pergunta de cinco em cinco segundos, mas ele também não responde muitas dessas.

Com amor, Nisha

*2 de agosto de 1947*

Querida mamãe,

Hoje Amil e eu estávamos jogando xadrez quando ouvimos pessoas gritando do lado de fora. Eram gritos distantes, tão longe, que, no começo, ignoramos. É estranho como Amil joga xadrez tão bem sendo que mal consegue escrever uma frase. Essa é uma das coisas que me fazem perceber que Amil é muito inteligente. Ele ganha todos os jogos, mas eu ainda gosto de tentar. Um dia, vou ganhar. Cheguei perto. Sei que Amil se sente mal por ganhar todas as partidas. Ele sempre diz: "Xeque-mate, desculpe". Eu respondo que não tem problema. Acho bom ele se sair bem no xadrez e em desenho, já que eu me dou muito melhor na escola. Papai ensinou Amil a jogar quando ele tinha seis anos, e depois Amil me ensinou quando papai não tinha mais tempo para jogar com ele. Acho que Amil começou a ganhar do papai, e papai não gostou disso.

Enquanto jogávamos, os gritos foram ficando mais altos. Eu ainda não conseguia ouvir o que as pessoas diziam. Corremos para a janela e vimos homens subindo a ladeira com tochas nas mãos. Dadi, que estava costurando, levantou-se e nos puxou para longe da janela, nos levando para a cozinha e nos empurrando para dentro da despensa. Fiquei perto das latas grandes de arroz, sentindo o cheiro da canela em pau que estava em uma prateleira à direita, perto do meu rosto. Kazi já tinha ido para o chalé dele depois do dia de trabalho. Cochichando, Dadi disse para ficarmos quietos. Depois correu e apagou as lamparinas na sala. Ela voltou à despensa e, ofegante, nos puxou para o canto com ela. Então jogou sobre nós uma velha toalha de mesa e começou a rezar. Ficamos abaixados enquanto ela se balançava para a frente e para trás e sussurrava suas preces para Brahma, Vishnu e Shiva.

Alguém bateu na porta de casa. Segurei a mão de Amil na escuridão e a apertei com força. A mão dele estava fria e úmida como um peixe. Ouvimos as batidas na porta de novo, depois o estrondo quando ela foi arrombada e pessoas entraram na nossa casa. Ouvimos coisas sendo derrubadas, uma vasilha, uma lanterna, a mesa. A mão de Amil estava ainda mais fria, mas eu a segurava.

Depois de um tempo, os barulhos cessaram. Esperamos vários minutos em silêncio. Então ouvimos a voz de Kazi nos chamando. Soltei o ar que mantive preso o tempo todo. Levantamos do canto e saímos da despensa. Kazi tinha uma expressão transtornada, e havia sangue em seu rosto, um fio de sangue escorrendo como uma aranha. Senti uma onda de náusea e me apoiei na parede. Dadi reagiu depressa e foi buscar uma toalha limpa na cozinha, usando-a para embrulhar a cabeça de Kazi quando ele sentou. Nunca a tinha visto se mover tão depressa. Ela devia amar Kazi tanto quanto nós.

Amil e eu acendemos algumas velas e uma lamparina que não estava quebrada. Levantamos as cadeiras e a mesa caídas, limpamos os cacos de vidro das lamparinas quebradas e devolvemos os livros à estante. Encontrei a tigela grande de argila que Kazi mais gostava de usar para misturar massa ou colocar vegetais picados. Estava quebrada no chão da cozinha. Ajoelhei ao lado da cadeira e mostrei para ele um pedaço grande da vasilha. Minhas mãos tremiam.

"Tudo bem, Nishi", ele disse, dando batidinhas leves no meu braço. "Vamos encontrar outra." Balancei a cabeça e me virei para que ele não visse as lágrimas enquanto eu varria todos os cacos. Guardei um pedaço pequeno em meu bolso.

Depois da limpeza, ficamos sentados em volta da mesa, mas ninguém falava muito. Ninguém foi para a cama. Dadi examinava a cabeça de Kazi com frequência, mas o sangramento havia parado.

Finalmente, papai chegou em casa. Ele olhou para todos nós sentados em volta da mesa e piscou como se fôssemos uma visão. Antes que ele pudesse falar alguma coisa, dadi contou o que tinha acontecido.

Ele assentiu, sério, os olhos vidrados e a expressão cansada. Depois foi examinar a cabeça de Kazi.

"Você precisa de pontos", disse com tom calmo. "Amil, vá buscar minha maleta."

Quando Amil a trouxe, papai começou a limpar o ferimento de Kazi com álcool. Kazi fez uma careta e inspirou profundamente. Boquiabertos, Amil e eu vimos quando ele injetou alguma coisa em Kazi para anestesiar sua pele, depois começou a costurar com sua agulha e uma linha preta e grossa. Quando a agulha perfurou a pele de Kazi, meu estômago revirou. Não consegui continuar olhando, mas Amil se aproximou, e papai começou a explicar o que estava fazendo. Amil estufou o peito e assentiu orgulhoso, ouvindo cada palavra. Ele adorava ver o papai fazendo suas coisas de médico, mas eu odiava sangue e agulhas. Esfreguei a testa, que latejava no mesmo lugar onde Kazi havia sido ferido.

"Nisha e Amil, é hora de irem dormir", papai falou quando terminou o curativo e acomodou-se em sua grande cadeira. "Preciso conversar algumas coisas com dadi." Dadi aproximou-se e sentou em sua cadeira.

"Mas o que aconteceu?", gritou Amil, passando as mãos pelo cabelo. "Quem machucou Kazi? E se eles tivessem nos visto? Teríamos morrido? Eles estavam atrás de você, papai?"

Papai olhou para Amil estreitando um pouco os olhos.

"Atrás de mim? O que eu fiz? Todo mundo ficou maluco. Só isso. Esse deveria ser um momento bonito na história. A Índia logo será um país livre, mas o que estamos fazendo? O que estamos fazendo?" Papai balançou a cabeça e ficou quieto. Dadi se aproximou e pôs a mão sobre seu ombro.

"Às vezes o mundo que conhecemos decide se transformar em outra coisa. Esse é nosso destino agora", papai falou, coçando os olhos.

Dadi falou conosco mais alto do que costumava falar, ainda parada ao lado do papai. "Mas vocês não precisam se preocupar. Sempre os manteremos seguros."

Amil e eu balançamos a cabeça para cima e para baixo. O que teria acontecido se os homens tivessem nos encontrado na despensa? Nunca pensei sobre nossa segurança. Sempre achei que estivéssemos seguros.

"Sim, sim, é claro", concordou papai, levantando os olhos. Seu rosto relaxou. "Vamos pensar em alguma coisa." E nos mandou ir dormir.

Amil e eu ficamos sentados na cama dele de pernas cruzadas, um de frente para o outro, apavorados demais para dormir. O medo que eu sentia quase parecia uma coisa empolgante, mas eu sabia que não era.

"Nosso destino?", perguntei a Amil. "Sobre o que papai estava falando?"

"Acho que ele quis dizer que todo mundo começa a brigar em algum momento."

"Você e eu brigamos de vez em quando, mas depois fazemos as pazes", comentei esperançosa.

"Porque somos família. Somos tudo que temos."

Peguei um fio solto na colcha sobre a cama.

Ele continuou: "Acha que foram muçulmanos ou hindus que estiveram aqui?".

"Não sei", respondi.

"Se foram muçulmanos, por que iam querer machucar Kazi? De que lado nós estamos?"

"Nós temos que ficar de algum lado?", eu quis saber.

"Acho que é mais seguro. Assim você sabe quem é o inimigo", opinou Amil, cruzando os braços sobre o peito.

"Mas se não escolhermos um lado, não teremos inimigos."

"Acho que não é assim que as coisas funcionam", retrucou Amil.

"Gandhiji concordaria comigo. Além do mais, pensei que os dois lados fossem nós e os ingleses. Por que estamos brigando entre nós?"

Amil inclinou a cabeça para o lado e pensou um pouco. Eu também queria saber quem eram os homens, mas, mesmo que tivesse a resposta, isso ainda não faria sentido.

Eu, Amil, papai, dadi e Kazi. É isso. Esse é o único lado do qual sei ficar. O mundo agora parece tão pequeno. Eu nem tenho você de verdade, mamãe. Tento torná-la real escrevendo essas cartas, mas quem é que sabe se você ao menos está me ouvindo? Queria que pudesse me enviar um sinal.

Com amor, Nisha

·.·. *3 de agosto de 1947*

Querida mamãe,

Hoje acordei e encontrei Kazi na cozinha sovando massa. Ele me deu um pouco, e enterrei os dedos nela. Notei que ele ainda usava o curativo. Fiz uma bola com a massa e a abri em um círculo fino. Kazi cantarolava baixinho.
"Kazi", sussurrei com minha voz mais forte. "Por que isso está acontecendo? Tenho doze anos, estou pronta para saber tudo."
Ele olhou para mim e todo o seu rosto mudou, a boca se distendendo em um sorriso largo. Dava para ver quase todos os dentes amarelos. "E eu tenho quase quatro vezes isso, mas sinto que não sei nada."
Pus a massa em cima do balcão e bati, soquei e bati até não conseguir ouvir meus pensamentos. Kazi segurou minhas mãos e as afagou: "Pare, Nisha. Vai se machucar".
Saí correndo da cozinha e fui para o meu quarto, onde me encolhi em um canto e abracei os joelhos. Queria que Kazi viesse. Fiquei esperando. Se

ele viesse, significaria que me amava. Ele não veio, e eu chorei até a hora do café da manhã.

Quando cheguei à mesa para tomar café, Kazi não estava lá. Papai estava, e Amil e dadi também. Papai mantinha os olhos fixos em sua comida, o que significava que ninguém devia falar. Comemos em silêncio, e eu levei meu prato para a pia. Mais tarde, quando Amil e eu fomos lá para fora, vimos Kazi na horta colhendo vegetais. Agarrei Amil e o levei para trás do chalé. Perguntei a ele por que Kazi não me contava nada.

"Só queria saber quem bateu em Kazi e por quê", expliquei.

"Ouvi dizer que algumas casas muçulmanas foram queimadas não muito longe daqui. Talvez eles estivessem com raiva", respondeu Amil, se abaixando para arrancar folhas de grama.

"Quer dizer que todo mundo vai queimar todo mundo?", perguntei.

"Não sei." Amil levantou as mãos e deixou as folhas de grama caírem. Nós as observamos flutuar até o chão.

Uma onda de raiva como nunca senti antes desabrochou em meu peito. Que todos os homens loucos venham e queimem tudo. Que queimem nossos jardins, o hospital e sua foto, mamãe, como se nada disso jamais tivesse existido. Iríamos para um lugar novo onde as pessoas fossem felizes. Todo tipo de gente praticando todo tipo de religião. Um lugar onde papai não ficasse longe o tempo todo, onde dadi soubesse mais e não fizesse barulhos estranhos com os dentes, um lugar onde eu pudesse ir à escola com segurança e preparasse coisas maravilhosas na cozinha com Kazi sempre que quisesse. Um lugar onde você estivesse viva e me acompanhasse até a escola segurando minha mão, e ninguém se importasse por você ser muçulmana e papai ser hindu, e Amil e eu pudéssemos guardar os dois lados, pai e mãe, no coração. Poderíamos ir para um lugar onde Amil não visse as palavras de um jeito diferente e eu falasse com facilidade na frente das pessoas e tivesse amigos de verdade. Apesar de tudo queimar até virar cinza, nós não ficaríamos tristes, porque teríamos esse novo lugar.

Com amor, Nisha

*4 de agosto de 1947*

Querida mamãe,

Estamos no meio da noite e não consigo voltar a dormir. Sonhei que você estava viva. Você entrou no meu quarto e deitou ao meu lado na cama. Parecia muito real. Seu cabelo comprido estava solto, e você usava um salwar kameez verde-esmeralda e dourado. Eu toquei você, e você sorriu. Disse que me levaria à sua estrela favorita, que podíamos realmente ir até lá e olhar para baixo e ver o restante do mundo. Você me carregou para o céu e nós voamos em direção a uma luz brilhante. Mas eu não conseguia enxergar nada, e você desapareceu. Eu estava sozinha nadando na luz. Foi quando acordei suando e confusa. Esse é seu jeito de vir me visitar, não é, mamãe? Estou feliz porque agora sei que você está me ouvindo.

Com amor, Nisha

*5 de agosto de 1947*

Querida mamãe,

Hoje foi o dia mais estranho de todos. Kazi tirou tudo da despensa, os recipientes de lentilhas, ervilhas secas, arroz, farinha e temperos. Tirou todos os utensílios, panelas e vasilhas. Limpou os balcões com panos embebidos em água e vinagre. Depois enfileirou todas as coisas, deixando tudo pronto para ser levado a qualquer momento. Isso significa que vamos embora? Pensar nisso me deixou tonta.

Papai chegou em casa mais cedo e sentou conosco para jogar xadrez, e nem ficou bravo porque Amil ganhou. Depois disso, ele leu a história do Mahabharata por muito tempo. Sua voz era diferente, mais aguda, mais triste. Ele lia devagar e não fazia as paradas necessárias nos pontos.

"Por que papai fez isso?", Amil perguntou quando ele saiu. Eu estava deitada na cama, encarando a longa rachadura no teto. Levantei um dedo e a desenhei no ar. Papai nunca tinha lido uma história para nós, nenhuma vez. Na verdade, com exceção dos meus professores lendo os livros da escola, ninguém nunca tinha lido para mim. Dadi cantava para nós quando éramos pequenos e contava as histórias que se lembrava de sua infância, mas nunca leu um livro para nós. Será que papai lia para mim quando eu era pequena e eu apenas não lembro?

"Ele se sente sozinho", opinou Amil. Talvez ele fosse solitário. Talvez também estivesse com medo. Eu já havia me sentido sozinha muitas vezes. Mas não imaginava que os adultos pudessem sentir solidão. Papai passa o dia todo no hospital com pessoas. Mas, quando Amil disse isso, percebi que essa era a palavra perfeita para o papai. Eu podia ver em seu olhar vazio e nos ombros caídos todos os dias. Fiquei triste por ele. Ele deve sentir saudade de você, mamãe, uma saudade diferente da que eu sinto. Ele sente falta do tempo que teve com você. Eu sinto falta do tempo que não tive. Ele deve se lembrar do cheiro que a casa tinha quando você estava nela, o som de sua voz preenchendo o ar, você pintando. No momento em que Amil e eu chegamos aqui com nosso choro, nossas mamadeiras, nossos dedinhos das mãos e dos pés, você partiu.

"Talvez ele faça isso de novo."

"Talvez", respondeu Amil.

"Ele precisa praticar. É um péssimo leitor", falei.

"É, ele é horrível, não é?" Os olhos de Amil brilharam animados. Nós dois rimos com a mão sobre a boca. Por alguma razão, pensar em como ele era horrível nos deixava felizes. Queria saber se papai tinha dificuldade para ver as letras do lado certo, como Amil. Mas isso era impossível. Ele era médico. Lia todos aqueles livros de medicina. Espero que ele leia para nós de novo.

Com amor, Nisha

*. ·* *6 de agosto de 1947*

Querida mamãe,

Tenho tanta coisa para contar! Estou explodindo com tudo isso, e tenho medo de não conseguir dormir. Hoje desejei que pudesse ser cantora. Kazi nos levou ao mercado e disse para ficarmos perto dele. Eu nunca vou ao mercado. Amil costuma ir com Kazi, e eu sempre me perguntei por que mulheres e meninas não vão mais ao mercado. É tão colorido, movimentado e empolgante! Hoje Kazi não quis nos deixar sozinhos, e fomos todos, até dadi. Ficamos perto dele e compramos abóbora, um saco de batatas, ervilhas, já que não tínhamos mais nenhuma na nossa horta, um saco de semente de cominho, alho, gengibre, raiz de açafrão e dois bastões de açúcar para mim e para Amil. Pelas batatas e ervilhas, eu sabia que Kazi ia fazer samosas, que ele quase nunca faz. Ouvi todos os sons do mercado, vendedores gritando seus preços, crianças rindo e chorando, o ruído de especiarias secas, ervilhas e arroz sendo despejados em sacos. Depois encontramos um grupo de meninos tocando uma música. Eles não pareciam ser muito mais velhos que eu, mas não os tinha visto antes. Um menino tocava cítara, outro tocava tabla, outro tocava bansuri. O menino que tocava tabla também cantava.

Ele era magro, com sobrancelhas muito grossas e olhos escuros e fundos. Tinha uma voz aguda e clara, como água fria e corrente. Queria saber se ele sempre tocava no mercado ou se era algo incomum. Pessoas se reuniam para ver. A música se projetava em ondas para a plateia cada vez maior. Eu sentia cheiro de castanhas-de-caju tostando e de carambola madura, e o aroma parecia dançar no ar com as notas. Que delicioso seria cantar daquele jeito, mudar o ar com minha voz, encher o ouvido das pessoas com tanto prazer. O som abria o próprio espaço e fazia parecer que tudo estava bem de novo. Eu me perguntei se estava. Fiquei ali vendo o grupo por muito tempo, sem querer que aquele sentimento me deixasse. Quando Kazi terminou as compras, Amil e dadi tiveram que me puxar dali.

Em casa, segui Kazi até a cozinha e puxei a manga de sua camisa para ele se virar e olhar para mim. Hoje não queria falar. Ver os meninos me fez querer ficar quieta para poder pensar neles. Eu temia que cada palavra que pronunciasse pudesse enfraquecer a lembrança. Kazi me entregou uma vasilha. Ele me disse quanta farinha usar, e eu preparei a massa. Ele me mostrou como abri-la em círculos, cortá-los na metade e colocar uma colher do recheio de ervilhas e batatas no meio de cada um. Em seguida, ele me ensinou a dobrar a massa sobre o recheio e umedecer as extremidades com água, antes de apertá-las para unir as pontas. Cada samosa parecia um pequeno animal, macia e morna em minha mão. Trabalhamos em silêncio, eu recheando a massa, Kazi fritando-as até ficarem douradas.

"Seu pai vai fazer uma festa amanhã", ele disse. "Prepare suas melhores roupas." Seus olhos se iluminaram. Suor e respingos de óleo salpicavam seu rosto.

Pensei que Kazi estivesse brincando. Uma festa? Achei que deveríamos estar com medo e tristes. Como poderíamos fazer uma festa? Precisava contar para Amil. Eu o encontrei sentado no jardim, colocando pequenos besouros verdes em buracos que cavava, enterrando-os vivos.

"Isso é maldade", falei.

"Eles conseguem sair. Eu gosto de ver. Eles se esforçam muito."

"Ora, se não se esforçarem, eles morrem!", gritei.

"Mas eles não aceitam a morte", explicou Amil. "Eles lutam."

"Vamos fazer uma festa", falei finalmente, depois de ver um besouro sair de um buraco.

Amil levantou com um pulo e continuou pulando enquanto conversávamos, o que ele fazia com frequência. Ele disse que sabia, porque hoje de manhã tinha visto o papai pegar o incenso de jasmim. Papai diz que sempre é preciso queimar esse incenso antes de uma festa.

Perguntei se Amil sabia por que daríamos uma festa, mas ele não tinha ideia. Voltamos à cozinha correndo para perguntar a Kazi, que respondeu que papai contaria para nós quando chegasse em casa. Amil e eu ficamos sentados ao lado da porta como cachorros solitários, esperando papai. Eu li e Amil desenhou pequenos besouros saindo de seus buracos, até que ouvimos os passos pesados do papai na alameda de pedra.

"Papai, papai", chamamos, correndo em sua direção. "Por que vamos fazer uma festa?"

Ele olhou para nós e sorriu. Depois alisou meu cabelo. Senti meus braços arrepiarem. Papai nunca me toca, exceto por um beijo ocasional na testa à noite, antes de irmos dormir.

"Quero ver nossos amigos e família. Faz muito tempo", ele disse. Depois sentou-se em uma cadeira da cozinha. Ele acenou para irmos nos sentar também. Dadi foi fazer o chá. Ele sorriu. Sorrimos de volta. Ele perguntou como estavam as coisas na escola. Respondemos que não íamos mais à escola, porque ele disse que não podíamos ir.

"É claro. Eu sou um ridículo mesmo", ele disse. E seu rosto ficou muito triste.

"Vamos embora em breve", foi o que ele disse quando seu chá ficou pronto. Não fiquei surpresa. Tinha visto os sinais. Meu lábio inferior tremeu quando absorvi a notícia. Ele bebeu mais um gole, e nós esperamos.

"Muitos vão embora. Alguns vão ficar, custe o que custar. Mas eu tenho vocês dois", ele continuou, olhando para cada um de nós. "Aquele dia me fez perceber que não estamos seguros. Isso só vai piorar."

"Por que as pessoas estão brigando, papai?", perguntou Amil. Papai se recostou na cadeira e começou a nos contar coisas que nunca tinha nos contado. Vou tentar lembrar tudo o que ele disse.

"Todo mundo acha que está protegendo e defendendo seu povo. Mas todos somos o povo, certo? Nunca falei sobre isso antes, mas muitas pessoas ficaram contrariadas quando me casei com a mãe de vocês", ele começou, os olhos bem abertos e alertas.

Eu engoli. Tentei não me mexer nem piscar. Tinha medo de que qualquer coisa pudesse fazer papai parar de falar sobre você. Ele limpou a garganta e olhou para longe, para o nada. Pisquei, porque não podia mais evitar. O silêncio se prolongou. Achei que tinha estragado tudo com minha piscada, mas ele continuou. Amil também estava quieto.

"Nossas famílias achavam que não devíamos nos casar, porque sua mãe era muçulmana e eu sou hindu. Por isso decidimos vir morar aqui, longe de todos. Deixamos que brigassem entre eles. Apesar de termos muitos amigos e vizinhos muçulmanos, isso nunca importa quando o assunto é casamento. Muitas pessoas se sentem assim, mas eu não. Se alguém chega no hospital, eu atendo sem me importar com quem é a pessoa ou qual é sua religião. Quando abro um corpo, vejo o sangue, os músculos, os ossos, tudo igual em todas as pessoas, como diz Gandhiji. Jinnah e Nehru são homens seculares, mas precisamos de dois países, em vez de um, por causa da religião. Eles estão nos conduzindo para isso, para essa cisão, essa divisão da Índia", meu pai disse, brandindo o dedo no ar.

Depois continuou: "Minha família não entendia como eu podia rejeitar todas as moças hindus que eles encontravam para mim. Eu ia bem na escola. Seria médico. Muitas famílias procuravam meu pai para propor um matrimônio, mas meus pais queriam que eu gostasse da moça. Conheci sua mãe porque eu jogava em um time de críquete, e ela e as amigas começaram a assistir às partidas quando voltavam da escola. Ela era mais jovem que eu, tinha só dezoito anos. Eu já estava na faculdade de medicina, e minhas aulas terminavam mais cedo. Um dia achei que ela estava sorrindo para mim. Quando olhei, ela não estava. Mas depois olhei de lado, pelo canto do olho, e consegui ver aquele sorriso.

Uma vez, quando estava saindo do campo de críquete, ela tropeçou e derrubou os livros. Não consegui me conter. Abandonei o jogo para ir ajudá-la. Ela disse que tinha machucado o tornozelo, e eu a ajudei a carregar as coisas para casa. As amigas dela foram conosco, não quiseram deixá-la sozinha com um desconhecido. Mas a família dela me agradeceu. Eles pareciam amigáveis. Então ela começou a parar para ver o jogo toda semana, e eu passei a acompanhá-la com as amigas até em casa. As amigas dela nos deixavam caminhar na frente do grupo e conversar. Fizemos isso por dois anos. Meus amigos e familiares estavam muito zangados comigo. Mas eu não conseguia parar. Ela era diferente de todas as outras moças que eu conhecia. Sim, era muito bonita, especialmente quando sorria. Era bondosa. E me fazia rir. Mas também entendia coisas sobre as pessoas. Sabia como eram complicadas".

Amil e eu sentávamos boquiabertos ali. Papai tossiu baixinho, virou o rosto para o outro lado, olhou para a janela, mas continuou falando.

"Nós nos casamos e deixamos nosso vilarejo. Logo depois do casamento, os pais da mãe de vocês e meu pai morreram, todos no mesmo ano. E três anos depois ela..." Papai fez uma pausa de alguns segundos antes de prosseguir. "Dadi veio morar conosco depois disso. Meus irmãos também vieram morar mais perto de nós com o passar do tempo."

Absorvi todas as informações. Como eu não sabia que seus pais, meus outros avós, tinham morrido? Pensava que eles moravam muito longe, só isso.

"Mamãe tinha irmãos?", perguntou Amil.

Papai estava quieto. "Um irmão e uma irmã."

Eu absorvi aquelas palavras. O tio e a tia que nunca conheci. Acho que já tinha ouvido isso antes, mas a sensação era de que havia imaginado. Tem partes de você por aí, mamãe. Por que não pensei muito neles antes?

"A irmã de sua mãe nunca mais falou conosco. Ela sempre se opôs muito ao nosso casamento. Mora com a família em outro vilarejo distante. O irmão de sua mãe ficou com a casa da família e o comércio de móveis."

"Ele foi contra o casamento?"

"Não, acho que não", respondeu papai. "Eles trocavam cartas."

"Por que ele nunca veio nos visitar?", perguntou Amil.

"Ele é uma pessoa muito reservada. E talvez a outra irmã não quisesse. Não sei. Muito tempo passou, e perdemos contato."

"Como isso é possível? O tempo simplesmente passar?", quis saber ele.

Mordi o lábio. Embora estivesse desesperada por essas respostas, queria que Amil parasse de fazer perguntas. Se papai se irritasse, pararia de falar.

"Essas coisas acontecem", papai respondeu com um aceno de mão. Depois baixou a voz. "Vocês devem saber que minha forma de pensar é muito perigosa agora. Não falem sobre sua mãe com outras pessoas."

"Mas se as pessoas souberem a verdade sobre nós, sobre nossa mãe, talvez seja bom, talvez não tenhamos que escolher um lado", opinou Amil. A voz dele soava fraca e tensa. Meu queixo caiu. Não conseguia acreditar no que ouvia. Amil tinha dito que isso era ridículo quando eu sugeri.

"Não!", bradou papai. "Você não entende. Podem morrer! Não é possível mudar a opinião das pessoas agora. Esse é o único jeito de se protegerem. Quando partirmos para a nova Índia, tudo vai melhorar. Espero."

Papai desviou o olhar e mirou sua xícara.

"Papai?", falou Amil. "Quando vamos embora?"

"Não sei. Em breve, e isso é o suficiente por enquanto. Quero saborear meu chá", papai avisou, comprimindo os lábios em uma linha dura e pegando a xícara.

A nova Índia. De repente, todos aqueles sentimentos que eu tinha sobre ir para um lugar novo e bonito pareciam errados. Eu não queria a nova Índia. Queria a antiga, a que era meu lar. Lágrimas começaram a se formar, mas esfreguei o rosto e apertei os olhos por um segundo.

O que vai acontecer com Kazi, mamãe? Ele é o único que olha para mim com felicidade e amor. Ninguém mais olha para mim desse jeito, nem o papai. Quando papai olha para nós, seus olhos estão sempre voltados para dentro da própria cabeça, para os próprios pensamentos. Ele me vê e não me vê. Amil é meu irmão gêmeo. Olhar para ele é como olhar para mim mesma. Dadi está sempre ocupada com as tarefas e fazendo barulho com os dentes. Se você puder me ouvir, deve garantir que Kazi se mude conosco. Jinnah e Nehru não podem tirá-lo de nós. Não é justo.

Com amor, Nisha

• • *7 de agosto de 1947*

Querida mamãe,

Estou aqui recostada, com a barriga tão cheia que preciso me inclinar para trás e esticar as pernas para a frente. Tenho muito sobre o que escrever, mas quero dormir. Hoje não há lua, mas tenho uma pequena vela e fósforos do armário da cozinha que escondo embaixo do travesseiro para poder enxergar no escuro. Amil está roncando. Ele sempre adormece depressa. Eu não. Demoro muito para dormir, mesmo em noites como esta, embora seja mais fácil com o diário. Quando termino de escrever, é como se aquela minha parte que não consegue dormir, a parte que fica olhando para as rachaduras no teto, pensando e se preocupando, tivesse se esvaziado no diário por aquela noite. Durante o dia ela volta a ficar cheia, e as páginas esperam. Gosto de pensar que você guarda meus pensamentos para mim até eu poder cuidar deles de novo. Agora estou com muito sono. Isso vai ter que esperar. Boa noite, mamãe.

Com amor, Nisha

· · • *7 de agosto de 1947*

Querida mamãe,

Dormi por algumas horas e acordei assustada. Não sei por quê. Comecei a pensar na festa, e esses pensamentos não vão me deixar em paz enquanto eu não dividi-los com você. Amil está respirando tão profundamente que só um terremoto poderia acordá-lo. Queria conseguir dormir assim.

    A maior parte da festa foi maravilhosa, até o fim. Acho que você teria ficado muito orgulhosa do papai. Vou me lembrar da festa para sempre. Fizemos tanta comida que poderíamos dar outra festa amanhã. Arroz, muitos curries diferentes, dal, kebab, poori, paratha, samosa, conserva de manga, gulab jamun e rasmalai. Foi tanto trabalho que dadi não se incomodou por eu passar o dia na cozinha ajudando Kazi com tudo. Fiz o sai bhaji sozinha. Ele me deixou usar seu pilão para moer cominho, coentro e gengibre. Talhei o leite e passei pelo pano para ter a ricota do rasmalai. Preparei vasilhas de raita espesso com pepinos da horta. Cortei cebolas com um palito entre os dentes e nem chorei.

Meus dedos estavam manchados de amarelo do açafrão quando vesti meu melhor salwar kameez e nem tentei lavá-los. O kameez tem uma estampa rosa escuro e verde com acabamento dourado e um salwar cor-de-rosa combinando. Não o vestia havia um ano, mas ainda serve. Ele tem até um dupatta de chiffon cor-de-rosa com franjinha dourada que posso enrolar no pescoço ou usar para cobrir a cabeça. Fiquei muito tempo me olhando no espelho do banheiro. Mamãe, sempre achei que sou parecida com o papai e Amil, com você, mas hoje a vi em meu rosto, na curva de minha boca quando sorri. Tenho um espacinho entre os dois dentes da frente, como você. Fiquei pensando no porquê de eu notar isso. Passei um pouco do kajal da dadi nos olhos para deixá-los mais parecidos com os seus, e torci para o papai não perceber. Se percebeu, ele estava ocupado demais para dizer alguma coisa. Muitas meninas usam kajal, mas papai é muito severo com essas coisas. Às vezes acho que ele esquece que sou uma menina.

Nunca vi papai andando tanto por nossa casa como hoje. Foi a coisa mais estranha. Ele endireitou e tirou o pó dos móveis. Provou toda a comida para ter certeza de que estava temperada da maneira adequada. Pegou um tapetinho vermelho e azul que eu nem sabia que tínhamos e colocou na porta da frente. Ele também pediu ao Amil para varrer o chão e lavar as janelas. Amil não reclamou. Papai até acendeu velas e incenso.

Quando tudo ficou pronto, ele se colocou na porta e as pessoas começaram a chegar, todas sorridentes e usando suas melhores roupas, carregando flores e doces, inundando o ar com perfume de rosas. Veio muita gente, muitos vizinhos, meus tios, minhas tias, meus primos, dr. Ahmed e sua família.

*Como vai você, minha querida? Veja como cresceu! Como ficou bonita! Como está se saindo na escola? Está se alimentando bem?* As tias exclamavam e queriam saber, as perguntas voando em minha direção para que eu as pegasse. Mas não respondi nenhuma. Apenas sorria e deixava as palavras passarem por mim, e elas não pareciam se importar. Recebi muitos beijos molhados e cheios de batom nas bochechas, o que fez com que eu me sentisse contrariada e amada enquanto, discretamente, me virava para limpar as marcas. Fico pensando em como é sentir as palavras saindo de sua boca sem que você tenha que pensar nelas, sem ter que respirar fundo cinco vezes antes de a boca formar a primeira letra e a língua empurrar para fora a primeira palavra.

Quando o dr. Ahmed chegou, deu duas moedinhas de ouro de presente para mim e Amil. Ele as colocou em nossas mãos e as fechou, depois disse para ficarmos sempre bem. Seus olhos pareciam lacrimejar. Abaixei o olhar, uni as mãos e curvei a cabeça. Amil fez a mesma coisa, agradeceu, e corremos para guardar as moedas em nosso quarto.

Meus primos e os filhos dos vizinhos ficaram atrás de mim e Amil até que os levamos ao lado de fora, para o melhor lugar para uma partida de críquete. Enquanto os meninos jogaram, as meninas fizeram guirlandas com as folhas em nosso redor. Nós nos revezamos para ir buscar comida e bebida dentro de casa, às vezes carregando guardanapos cheios de guloseimas. Sempre que eu entrava, via papai sentado no chão cercado de homens, conversando, rindo, comendo e fumando. Mais uma vez, como quando estávamos no mercado, me perguntei como alguma coisa podia estar errada, se nossa vizinhança ainda era capaz de festejar desse jeito. Kazi ficou na cozinha, e só saía de lá para encher novamente as vasilhas com comida. Fui dar uma espiada, mas ele me mandou embora, apressado.

Minhas tias me chamaram para sentar com elas enquanto comia uma samosa. Comi devagar, saboreando o exterior crocante e temperado com o chutney verde e ácido em que a mergulhei. Uma das tias disse que eu precisava comer mais e engordar. Outra beliscou de leve minha bochecha. Mas, de maneira geral, todas conversavam entre elas sobre que flores era melhor cultivar nessa época do ano, quem ia ter um bebê e quem ia se casar. Ninguém falava sobre as mudanças que aconteciam à nossa volta. Olhei para os olhos brilhantes e vivos enquanto elas conversavam, para as pulseiras que tilintavam em seus braços. Em que elas pensavam de verdade, mamãe?

Lá fora, Amil era péssimo no críquete, como sempre. Seus braços finos quase não conseguiam fazer um lançamento ou rebater uma bola com eficiência, mas esse era só um jogo em uma festa, nada sério. Nós, as meninas, pusemos nossos colares de flores. Eu ria alto enquanto dançávamos em círculos de mãos dadas. Quando minhas bochechas ficaram quentes e rosadas, a cabeça girando de tanto dançar e a barriga satisfeita e cheia de samosas, cochichei para minha prima Malli, que mantinha um braço sobre meus ombros: "Vou sentir saudade de vocês quando formos embora. Mas talvez ainda possamos morar perto".

"Embora para onde?", ela perguntou, parando de dançar. Todas as meninas pararam e olharam para mim. Isso é o que costuma acontecer quando eu falo, justamente o oposto do que quero que aconteça. Quando Amil fala, o comum é que tenha que gritar e repetir a mesma coisa muitas vezes para alguém prestar atenção.

"Para a nova Índia", murmurei.

"Do que está falando?", ela perguntou, parecendo assustada.

Pensei que todo mundo soubesse mais do que eu. Me perguntei se havia revelado um terrível segredo. Enxuguei a testa e dei de ombros. Ela esperou eu falar mais alguma coisa, mas não consegui. Minha boca estava fechada. Senti meu corpo sem força e cansado. Ela inclinou a cabeça para o lado. Tive a sensação de que minha coragem para falar se apagava como uma chama.

"Fala", ela insistiu com tom manso. Mas não faria diferença o tom de voz que ela utilizasse. "Fala", ela repetiu mais alto.

De repente, Sabeen se manifestou. "Você não sabe? Todos os hindus e sikhs terão que ir embora. Nós ficamos", ela declarou com simplicidade. Depois olhou para as outras meninas, mas ninguém disse mais nada.

Malli parecia querer chorar e saiu correndo, entrando na casa e chamando a mãe. Eu fiquei paralisada. As outras meninas ficaram olhando para mim por mais alguns segundos, esperando para ver se eu ia dizer mais alguma coisa, e quando não disse elas voltaram a dançar sem mim, mas não com a mesma energia. Decidi entrar. Talvez um doce fizesse com que eu me sentisse melhor.

Entrei e vi Malli sentada ao lado de tia Deepu em um canto. Minha tia afagava as costas dela, a acalmando. As duas pareciam abaladas. Vi meu pai conversando com tio Rupesh e meu outro tio, Raj. Eles falavam agitados, balançando os braços. Tio Rupesh abraçou papai com força e se aproximou de Malli e minha tia. Elas se levantaram, se despediram das pessoas, não de mim, e saíram. A família de tio Raj os seguiu. Talvez não tenham me visto, ou só não queriam me ver. Será que aquela foi a última vez em que os vi?

Quando eles foram embora, foi como se um tampão tivesse sido removido. A alegria escoava. Uma sensação de agitação começou a crescer, a percorrer meu corpo, como se eu tivesse que encontrar aquele tampão, devolvê-lo ao ralo e conter o que estava acontecendo. Queria voltar ao início da festa.

Me perguntei o que papai estava dizendo às pessoas, mas não me atrevi a chegar mais perto. Mais abraços foram trocados. Quando o dr. Ahmed partiu, ele e papai se abraçaram por muito tempo, murmurando coisas e balançando a cabeça. Papai ficou parado na porta por um minuto depois que ele foi embora e limpou os olhos. Estava chorando? Eu não sabia. Papai virou e me viu escondida perto da cozinha. Ele me chamou com um aceno. Relutante, eu me aproximei da porta. Um a um, os últimos convidados abraçaram demoradamente papai, dadi, eu e Amil, abraços longos que fizeram meus ombros começarem a doer. Meu colar de flores foi amassado. Muita gente murmurava em meus ouvidos coisas como "tome cuidado" e "seja forte". Eu sempre soube que aquela era uma festa de despedida, mas nesse momento sentia a verdade afundar em minha barriga como uma pilha de carvão.

Depois que todo mundo foi embora, Amil e eu ficamos deitados em nossas camas, bem quietinhos.

"Falei para Malli que íamos embora, e ela não sabia. Pensei que todo mundo soubesse", eu disse na escuridão. Ainda podia sentir o cheiro de especiarias, perfume e incenso pairando no ar.

"Eu também pensei", respondeu Amil.

"Acho que estraguei a festa quando contei para ela."

"Já tinha sido estragada", falou Amil com uma voz lenta e pesada.

"Como assim?"

"Não sei. Parecia muito triste desde o começo."

"É mesmo? Eu não achei."

Amil não disse mais nada e fechou os olhos. Quando sua respiração se tornou profunda e cadenciada, eu me levantei e saí do quarto andando na ponta dos pés. Meu coração batia forte. Eu devia ficar no quarto depois da hora de ir dormir. Sempre ouvia papai e dadi, às vezes Kazi, andando pela casa, e isso costumava ser o bastante para me confortar, mas hoje eu precisava ver alguém. Espiei pelo canto da parede e vi papai sentado sozinho à mesa, bebendo chá e olhando para a frente. Cheguei mais perto e parei perto da mesa, olhando para ele.

"Não consigo dormir", falei.

Ele me olhou com os olhos meio apertados e ficou em silêncio por alguns instantes.

"Nem eu", respondeu finalmente, e bateu de leve com a mão na mesa. "Pegue um pouco de leite morno."

Relaxei e fui à cozinha. Acendi o fogão e aqueci um pouco de leite em uma panela, com sementes de cardamomo. Quando começou a fumegar, despejei o líquido em uma xícara de chá e voltei à mesa. Ficamos sentados em silêncio.

"Gostou da festa?", papai perguntou finalmente.

Assenti. Depois respirei fundo e disse: "Desculpe por ter contado a Malli que íamos embora".

Papai olhou para mim e bebeu um gole de chá.

"Era hora de Malli saber. Você e ela já têm idade suficiente para entender."

Concordei balançando a cabeça, mamãe, mas a verdade é que não entendo. Uma coisa é entender fatos, outra é entender por que esses fatos são fatos. Fiquei sentada com o papai por mais um tempo. Era estranho ficar sozinha com ele, e percebi que isso quase nunca acontecia. Estudei seu rosto, o nariz largo, as bochechas redondas, as linhas na testa, os olhos espremidos pela intensidade de seus pensamentos conforme ele bebia o chá. Não conseguia imaginar papai quando criança, descuidado e brincalhão. Era como se ele tivesse nascido adulto, pai e médico.

Uma coisa eu entendia. Eu teria lembranças da vida aqui em Mirpur Khas e lembranças da vida na nova Índia. Minha infância teria sempre uma linha divisória, o antes e o depois.

Com amor, Nisha

. .˙ *8 de agosto de 1947*

Querida mamãe,

A festa foi ontem, mas é como se nada tivesse acontecido. Papai foi trabalhar. Amil e eu andamos pela casa tentando pensar em coisas para fazer. Ajudei Kazi a cozinhar. Às vezes, dadi pedia para varrermos, lavarmos, dobrarmos ou guardarmos. Depois saímos e fomos nos sentar sobre um cobertor no jardim para desenhar e ler. Eu estava lendo um dos livros de medicina do papai. Papai gosta disso, dá para notar. Ele para ao meu lado, vê qual parte estou lendo, assente e se afasta. Talvez pense que um dia serei médica, embora odeie sangue, maus cheiros e o verdadeiro interior das pessoas.

Só quero saber o que as pessoas estão pensando. Talvez, se eu entender como o corpo funciona, se souber como é a aparência de cada parte dele, eu entenda mais. Escuto o coração, os ventrículos, as artérias, os ossos, o fígado, os rins, o baço, os pulmões, o sangue que corre nas veias. Estudo o cérebro, o estranho borrão enrugado que guarda os segredos de todo mundo. É o cérebro que às vezes me faz quieta, que faz Amil ver as letras de outro jeito? É o cérebro que faz as pessoas amarem e odiarem? Ou é o coração?

Com amor, Nisha

*15 de agosto de 1947*

Querida mamãe,

Está acontecendo agora. Desculpe por ter passado seis dias sem escrever para você. Os últimos dias se fundiram em um. Foram muitas caixas, dadi tentando esconder o choro e papai dando explicações sérias. Amil continua correndo do papai para dadi e Kazi, pedindo explicações. Eu fico em silêncio. Nenhuma palavra minha poderia mudar alguma coisa. Papai nos diz que coisas boas e ruins virão com a mudança. À meia-noite, quando estávamos dormindo, a Índia se tornou independente do governo britânico. No mesmo momento, o Paquistão, um novo país, passou a existir. O lugar onde moro não se chama mais Índia.

Ainda não sei bem o que significa ser livre do governo britânico. Papai diz que eles governaram a Índia por quase duzentos anos. Não me sinto inglesa. As crianças inglesas que vi nos livros e jornais não são parecidas comigo. Elas têm pele clara. Usam roupas diferentes. Sei que papai bebe chá inglês e tem biscoitos ingleses. Sei que um guarda inglês fica na frente do Hospital Municipal Mirpur Khas. Sei que temos móveis ingleses em nosso chalé, como as poltronas estofadas de madeira na sala de estar e a grande mesa oval na sala de jantar, além da porcelana inglesa. Também sei que os britânicos não serão mais os governantes, e acho que não gostamos do povo inglês nos dizendo o que fazer. Papai vai beber um chá diferente? O guarda vai embora? Teremos que devolver as poltronas e a mesa?

O Paquistão é para os muçulmanos, e todos os outros irão para a Índia, que não é mais aqui. Queria saber se algum hindu vai ficar. Amil perguntou a mesma coisa ao papai, mas papai diz que não é seguro e que a luta provavelmente vai piorar. Todos os não muçulmanos em Mirpur Khas precisam ir embora, e os muçulmanos na nova Índia vêm para cá. Papai diz que foi uma decisão em conjunto tomada por lorde Mountbatten pela Inglaterra, Jinnah pelos muçulmanos e Nehru por todos os outros. Todos concordaram com a divisão. Amil perguntou se Gandhi participou desse grupo. Papai disse que Gandhi quer uma Índia unida, que todos sejamos indianos, qualquer que seja nossa fé. Mas isso agora não importa, ele diz. As decisões foram tomadas, e devemos seguir em frente da melhor maneira possível.

Então, a partir de hoje, o território onde estou não é mais a Índia. E Kazi vai viver num lugar enquanto nós vamos embora em busca de um novo lar. Existe uma menina muçulmana neste momento em sua casa, alguém que vai ser obrigada a deixar seu lar e ir para um novo país que nem se chama Índia? Ela também se sente confusa e com medo?

Mas aqui vai a pergunta que mais ocupa minha mente. Tenho medo de falar, tenho medo até de escrever. Não quero pensar na resposta, mas meu lápis precisa escrever assim mesmo: se você estivesse viva, teríamos que ir embora e deixar você aqui por ser muçulmana? Eles teriam traçado uma linha entre nós, mamãe? Não quero saber qual é a resposta. Nascemos de seu corpo. Seremos sempre uma parte sua, e este sempre será meu lar, mesmo que tenha outro nome.

Com amor, Nisha

∴ *16 de agosto de 1947*

Querida mamãe,

Vi o jornal em cima da mesa do papai. Tinha fotos de pessoas comemorando dos dois lados, Índia e Paquistão. Mas, para mim, ainda são dois lados do mesmo país. Não tenho vontade de comemorar. As manchetes falam em *Nascimento da Liberdade da Índia*, *Nação Desperta para uma Nova Vida* e *Entusiasmo Frenético em Bombaim*. Mas nem todos os nascimentos são felizes. Como o meu e de Amil. O nosso não foi. Nós vivemos e você morreu. O dia em que nascemos deve ter sido horrível para o papai. Fico me perguntando se ele conseguiu nos amar naquele momento. Talvez seja difícil nos amar agora. É como a Índia: um novo país nasceu, mas meu lar está morrendo.

    Ninguém está celebrando a libertação em nossa casa. Tenho que encaixotar minhas coisas. Tenho que deixar meus livros. Nossos tapetes e mesas, as estantes de livros, a mesa do papai e boa parte das coisas da cozinha, exceto algumas panelas e comida seca, tudo isso vai ficar. Ouvi papai dizendo a dadi que há protestos por todo lado e, se não formos embora, podemos ser mortos ou levados para um campo de refugiados. Quem faria isso? Nossos vizinhos? As crianças com quem estudamos? Os vendedores do mercado? Pacientes que papai tratou no hospital? Meu professor? Dr. Ahmed? Papai diz que todo mundo está matando todo mundo agora, hindus, muçulmanos, sikhs. Todo mundo tem culpa. Ele diz que quando as pessoas são separadas em grupos, elas começam a acreditar que um grupo é melhor que o outro. Penso nos livros de medicina do papai e em como todos temos o mesmo sangue, órgãos e ossos dentro do corpo, qualquer que seja a religião de cada um.

Fui para o meu quarto fazer as malas. Amil já tinha terminado as dele. Só pegou papel, lápis e algumas roupas. Podíamos levar uma bagagem cada um. Amanhã iremos de trem até a fronteira e lá trocaremos de condução para Jodhpur, nossa nova casa. Papai disse que uma carroça vai nos levar até a estação de trem. Peguei minhas roupas, três lápis para escrever, este diário e suas joias, que guardo dentro de um saquinho de seda para especiarias. Papai diz que não posso mais usá-las, que as pessoas podem tentar roubá-las. Também peguei a moeda de ouro do dr. Ahmed. E um punhado de terra do nosso jardim para ter sempre parte do solo em que você pisou, um pedaço da minha Índia.

Com amor, Nisha

· · · *17 de agosto de 1947*

Querida mamãe,

É definitivo. Hoje de manhã papai nos disse que Kazi não vai conosco amanhã. Alimentei esperanças de que houvesse um jeito, mas papai diz que é muito perigoso, e Kazi disse que não pode ir.

Ele não poderia simplesmente dizer que é hindu e vestir as roupas do papai?

Hoje à noite tivemos um jantar rápido de paratha e dal, já que a maioria das coisas está empacotada ou foi doada. Kazi fez meu dal favorito com lentilhas vermelhas e sementes de mostarda que estouram na boca. Enquanto ele o preparava, fiquei sentada na banqueta de madeira balançando as pernas. Não quis ajudar, hoje não. Bati no balcão para ele olhar para mim, sem saber se conseguiria dizer seu nome em voz alta.

Ele olhou para mim enquanto esmagava o cominho no pilão.

"O que é, Nishi?", perguntou.

Abaixei a cabeça e mordi o lábio com força. "Você precisa ir conosco", murmurei, e minha voz falhou. As lágrimas começaram a cair. Eu as limpei depressa.

"Está tudo bem, Nishi", ele respondeu. "Também tenho chorado", contou, me oferecendo uma toalhinha.

Olhei para ele surpresa.

"Eu choro, mas poderia fazer de todos vocês um alvo, se fosse junto. As pessoas acreditam que estão se defendendo, protegendo seu povo, mas tudo isso é medo", ele disse.

"Se você vestisse as roupas do papai e dissesse que é hindu, como as pessoas saberiam?", perguntei com a voz mais forte.

"As pessoas sempre descobrem essas coisas. Eu teria que mudar de nome. Teria que falsificar documentos. É muito perigoso."

"Então não vai conosco por medo", falei sem pensar.

"Você devia falar mais, Nishi. É uma criança esperta. Provavelmente porque passou muito tempo ouvindo, em vez de falar."

Meu rosto ficou quente, queimando.

"Sim, é medo. Mas é por vocês, não por mim. Se acontecesse alguma coisa com um de vocês por eu estar junto, não conseguiria me perdoar."

Fechei as mãos em punho e tentei segurar o choro. Kazi continuou falando. Disse que cuidaria da casa, que um dia talvez pudéssemos voltar. Ele não olhou mais para mim e despejou o cominho em uma vasilha pequena. Lavou e enxugou o pilão. Eu fiquei sentada e quieta, observando, sentindo a garganta fechada e raspando. Ele me deu o pilão e me pediu para ficar com ele.

Balancei a cabeça. Se aceitasse, seria realmente uma despedida. Eu não podia perdê-lo. Não o perderia.

Ele colocou o pilão em minhas mãos e disse para eu me lembrar dele toda vez que fosse utilizá-lo. "Não se esqueça do que ensinei a você. Cozinhar sempre une as pessoas."

Passei as mãos pelo mármore branco e liso. O centro da vasilha era manchado, uma cor que misturava o marrom e dourado de todos os temperos que haviam sido amassados nele. Eu o deixei sobre o balcão e balancei a cabeça. Senti meu corpo tremer. Ele empurrou o pilão de volta para mim.

"Mesmo que não fique com ele, você ainda vai ter que ir embora, e eu vou ter que ficar. Não vai mudar nada."

Peguei o pilão e saí correndo da cozinha. Embrulhei o utensílio em um xale e o escondi na minha bolsa antes que papai pudesse vê-lo e me impedir de levar uma coisa tão pesada.

Jantamos em silêncio e, depois, quando Kazi limpava a mesa, Amil correu para ele e o abraçou com força. Papai encarou-o com olhos muito brilhantes e olhou para Kazi. Então mandou Amil sair. Não consegui abraçar Kazi. Era triste demais. Levantei e fui atrás de Amil, que havia corrido para o jardim. Ele estava sentado na ponta de um canteiro de espinafres, arrancando as folhas e enfiando algumas na boca.

"Quem vai comer todo esse espinafre? Kazi não vai conseguir", disse.

Ficamos em silêncio por um ou dois minutos. O sol tinha começado a se pôr. Eu ouvia o barulho dos pássaros, insetos e outras criaturas se preparando para a noite. Algumas iam dormir, outras acordavam.

"Acha que algum dia veremos Kazi de novo?", perguntou Amil.

Eu não queria responder. Temia que não. Mas isso seria como se Kazi morresse, não?

"Não acredito nem que estamos partindo", falei. Depois murmurei: "Sinto que também estamos abandonando a mamãe. Porque ela esteve aqui nesta casa. Mas em nossa nova casa ela não estará".

"Ela também não está aqui, apesar das histórias idiotas que inventa em sua cabeça."

"Não estou inventando histórias!", gritei. Amil pulou. Eu comecei a chorar de novo, e Amil olhou para o outro lado. De repente ele se levantou e correu para dentro de casa. Provavelmente estava com medo de mim. Eu me senti envergonhada e sozinha. Mamãe, se você estivesse aqui, teria ficado ao meu lado e me abraçado? Teria me amado mais que todos eles?

Amil voltou correndo com um lenço, que me entregou. Meu corpo relaxou. Agradeci, aliviada por ele não ter me deixado sozinha. Peguei o lenço, limpei o nariz e os olhos e senti o peito um pouco mais leve.

"Nós nem a conhecemos. De que adianta ficar pensando nela?", questionou Amil.

Assenti. Ele tinha o direito de se sentir assim. No fundo, ele deve amar você, mas gosto de tê-la inteira só para mim. Sinto que a conheço, porque sei quem sou e você me fez. Vou levá-la comigo, bem guardada neste diário e na bolsinha com a terra e suas joias.

"Às vezes eu penso."

"Pensa na mamãe?", quis saber.

"Um pouco. Ela parece muito bonita na foto. Aposto que seria diferente do…" Mas ele parou de falar.

"Diferente do quê?", insisti. Mas sabia o que ele ia dizer, diferente do papai. Está vendo, mamãe? Ele a ama. Só tem mais dificuldade para dizer isso. Às vezes queria saber se Amil sente as coisas com a mesma intensidade que eu. Ele usa mais o corpo para se mover, falar, e as coisas não ficam trancadas dentro dele como ficam em mim. Às vezes queria ser Amil. É muito estranho, mamãe, querer ser um menino? Tenho a impressão de que seria mais fácil. Por outro lado, acho que papai não gostaria tanto de mim.

Amil sentou-se ao meu lado e se apoiou em meu ombro. Senti o calor de seu corpo sempre em movimento. Mas ele se sentou bem quieto, e ficamos vendo o sol se pôr sobre nosso jardim pela última vez.

Com amor, Nisha

## 18 de agosto de 1947

Querida mamãe,

Estou escrevendo sob meu mosquiteiro só com a luz da lua, então desculpe se ficar confuso. Mal consigo enxergar o que estou fazendo, mas tenho um talento. Consigo escrever sem enxergar. Tentamos partir hoje de manhã. O sol ainda não tinha nascido. Kazi ficou em seu chalé. Antes de dormir, Kazi veio se despedir de nós e disse que ficaria no chalé pela manhã, porque era mais seguro.

"Até nos vermos de novo", ele disse, abraçando nós dois. Não consegui chorar. Eu me sentia como uma folha seca esvoaçando ao vento, sem saber onde pousaria. Só assenti e flutuei para longe dele. Se me despedisse, seria um adeus de verdade, um adeus para sempre.

Uma vez Amil desenhou Kazi. Ele o desenhou na cozinha, com uma toalha jogada sobre o ombro, cortando vegetais. Kazi está muito sério no desenho, os olhos meio apertados, os lábios espremidos. Procurei na pilha de desenhos que Amil mantém em um canto do nosso quarto, mas não o encontrei.

Dadi nos acordou e tomamos iogurte e comemos roti do dia anterior em silêncio. De algum jeito, todos sabiam que aquele não era um momento para falar, como se palavras pronunciadas no ar frágil pudessem quebrar alguma coisa. É possível compreender muita coisa a partir do rosto de uma pessoa, o jeito como ela olha, assente, comprime os lábios ou vira a cabeça para o lado de um jeito específico. Muita conversa acontece sem palavras.

Reunimos nossos pertences e conversamos com os olhos, movendo nossas cabeças, dando de ombros ou apontando com os dedos. Eu segurava minha bolsa e Amil, a dele. Levávamos esteiras enroladas e presas às bolsas. Papai havia guardado tudo que pôde na carroça coberta e puxada por um cavalo: as coisas de dadi, roupas, duas esteiras enroladas, um mosquiteiro, a bolsa de remédios, alguns livros, toda a comida e jarros de água, algumas panelas, vasilhas e canecas, e uma de suas pinturas, mamãe, embrulhada. Papai não mostrou a pintura para nós, mas conheço todas pelo tamanho. Acho que é minha favorita, a da mão segurando um ovo. Sempre quis saber se você pintou a mão de alguém de verdade ou se a imaginou. Parece a mão de uma mulher. Foi a de dadi? A sua? Por que ela segura um ovo? Quando a vi na carroça, fiquei muito feliz. Mais de você iria conosco.

Também tenho suas joias. Tenho a terra de nossa casa e este diário.

Planejávamos ir de carroça até a estação de trem, e tivemos que sair antes do amanhecer para ninguém nos ver partindo. Papai ouviu falar sobre brigas quando as pessoas vão embora. Tio Rupesh e Raj partiram há alguns dias de trem e agora estão do outro lado. Estão procurando um lugar para morarmos, de forma que, quando chegarmos lá, já teremos uma casa. Papai diz que temos muita sorte e que vai haver muita gente espalhada e sem moradia.

O hospital fez papai ficar mais tempo do que ele queria, até a chegada de um novo médico. Um médico muçulmano vai ficar no lugar dele e trabalhar com o dr. Ahmed. Ele vai se mudar para a nossa casa. Acho que Kazi tem que ficar e cozinhar para ele. Eu não queria pensar nisso. Quando papai chegou em casa depois de seu último dia no hospital, disse apenas uma coisa: "Espero que ele salve mais gente do que eu". Depois foi para o quarto e não saiu de lá pelo resto da noite.

Mantive minha bolsa perto de mim, porque não queria que papai ou dadi descobrissem quanto estava pesada por causa do pilão. Ontem, quando estávamos fazendo as malas, papai fez Amil levar o livro do Mahabharata e só alguns pedaços de papel e dois lápis. Amil ficou furioso por ter que levar o livro em vez de seus desenhos, mas papai disse que ele não podia mais fazer birra como uma criança, porque agora era quase um homem. Amil parou de berrar e engoliu o choro. Depois balançou a cabeça e se afastou. Foi para o nosso quarto e fez uma pilha com todos os desenhos. Em seguida os levou à cozinha e implorou pra Kazi queimá-los no fogão. Disse que não queria deixá-los para outra pessoa.

Kazi pegou os desenhos, colocou-os sobre a mesa e prometeu a Amil que os manteria seguros. Disse que, se meu irmão deixasse, ficaria com eles.

"Não", rebateu Amil. "Sou quase um homem." Ele pegou os desenhos e os jogou no carvão incandescente do fogão. Foi tão rápido que Kazi não conseguiu impedir. Amil correu para fora de casa. Fiquei olhando para Kazi e senti as lágrimas voltarem, mas as enxuguei e me aproximei do fogão. Vi todos os desenhos de Amil se transformarem em cinzas. Kazi também viu. Ele passou um braço a minha volta, e ficamos olhando juntos.

"Ele vai desenhar mais. Vai fazer novos desenhos em sua nova casa", disse Kazi, tentando fazer com que eu me sentisse melhor. Mas, por alguma razão, eu me sentia como se tivesse sido apunhalada no coração.

"Amil", falei mais tarde, quando ele desdobrava, sentado no chão, um pedaço de papel em branco. "Por quê?"

"Eles serão incendiados aqui, então eu posso muito bem estar aqui quando isso acontecer."

"Mas Kazi disse que os guardaria. Ninguém vai queimá-los."

Amil balançou a cabeça com raiva.

"Não sabemos. Talvez alguém queime nossa casa", ele sugeriu em voz baixa.

"Isso não vai acontecer", respondi. "Uma nova família virá morar aqui."

"Prefiro que queimem", falou Amil com os olhos sombrios e transtornados.

"Não está falando sério." Mas eu sabia que estava.

Amil só se balançava para a frente e para trás, dobrando e desdobrando o papel. Fiquei sentada com ele por um tempo e vi seus dedos furiosos se movendo pelo papel. Dava para ver a raiva saindo pouco a pouco dele. Peguei o papel macio e amassado. Ele permitiu.

"Vamos ficar com o Kazi", falou Amil de repente, se levantando depressa. Percebi que ele tentava se livrar de seus sentimentos. Não queria ficar com raiva. Eu adorava isso nele, a vontade genuína de ser feliz. Às vezes, eu gostava de me apegar às minhas perturbações, como se superá-las fosse admitir que não eram tão importantes, mas Amil não é assim. Quando brigamos, ele costuma ser o primeiro a pedir desculpas, o primeiro a nos tirar do sofrimento. Mas, nos últimos dias, vi a raiva sempre por trás de seus olhos, fumegando.

Não sabia ao certo se queria ficar com Kazi, mas o segui. Ficamos sentados com ele pelo resto do dia, enquanto ele tirava as coisas da cozinha e fazia pacotes de comida para nós. Durante o trabalho, ele nos deu pedaços de rabanete e pimentão para comermos. Depois começamos a ajudá-lo, areando panelas e fechando sacos de arroz e lentilhas que Kazi preparava para nós ou levaria para seu chalé. Eu me sentia melhor trabalhando, mantendo o corpo em movimento. Se trabalhasse na cozinha, podia fingir que nada disso estava acontecendo. Estávamos só preparando o jantar, como sempre. Se eu fingisse o suficiente, isso se tornaria verdade?

Então, hoje de manhã, quando saímos de casa no frio e terminamos de carregar a carroça, ouvimos o barulho de alguém correndo em nossa direção. Acho que eu ouvi primeiro, porque olhei na direção do som, e depois todos olharam. O arrastar de sandálias na terra se aproximava, ficando mais alto. Papai nos empurrou de volta para dentro de casa. "Vão", ele sussurrou com firmeza, com a mão em nossas costas. "Escondam-se na despensa." Dadi nos puxou pelo braço e nos levou para dentro. Alguém se aproximava.

Ficamos encolhidos na despensa de novo, tentando não respirar. Agora ela estava muito mais vazia. Dadi movia os lábios discretamente, murmurando preces. Eu ouvia o burburinho de vozes masculinas, mas elas não pareciam zangadas ou amedrontadas. Tive medo de que alguém estivesse ali para machucar o papai, mas prestei atenção ao som das vozes baixas, a dele e de outro homem que parecia conhecida, mas que eu não conseguia identificar. Talvez fosse alguém avisando que não precisávamos ir embora, que tudo aquilo tinha sido um grande engano.

Senti o hálito morno e úmido de dadi em meu ombro. Amil segurou minha mão. A dele era fria e seca. A minha, quente e suada. Esperamos por muito tempo.

De repente alguém abriu a porta da despensa, e a primeira luz do sol da manhã encontrou nossos olhos aterrorizados.

"Não podemos ir hoje." Era o papai. Voltei a respirar. Isso significava que não íamos mais embora? Uma centelha de esperança se acendeu dentro de mim.

"Por quê?", perguntou dadi.

"Era o primo Nikhil. Ele disse ter ouvido coisas horríveis sobre alguns trens que tentavam atravessar a fronteira. Eles decidiram ficar por mais um tempo. Mas nós não podemos."

"Que coisas terríveis?" A voz de Amil era curiosa e zangada. Eu também queria ouvir, mamãe. Queria ouvir alguma coisa tão ruim e horrível que me fizesse querer ir embora e nunca mais olhar para trás.

"Já disse. Pessoas estão sendo mortas", papai respondeu com tom neutro, como se nos mandasse ir dormir. Ele não falou que pessoas, onde e como.

Dadi começou a rezar mais alto. Todos nós continuamos abaixados dentro do armário. Papai gritou com ela: "Mãe!". Ela parou e comprimiu os lábios.

"O que vamos fazer?", ela perguntou. "São cento e cinquenta quilômetros até a fronteira, pelo menos."

"Partiremos a pé amanhã. Agora tem muita luz", papai decidiu. "Temos que ficar aqui mais um dia. Podemos parar na casa de tio Rashid no caminho. Vou mandar um portador avisá-lo. Fica mais ou menos na metade do caminho."

"Rashid!", repetiu dadi.

"Tio Rashid?", perguntou Amil, e meus olhos se iluminaram. Já havia escutado o nome antes. Só podia ser seu irmão, mamãe. Torci para o papai responder à pergunta de Amil.

"Quieto", meu pai falou. "Vocês precisam ouvir tudo que vou dizer agora. Hoje à noite vamos dormir no chalé de Kazi, para dar a impressão de que não estamos aqui. As manifestações estão se aproximando."

"Mas...", começou Amil, e papai levantou a mão para silenciá-lo.

"Amil", repreendeu-o com tom severo, "chega."

Meus ombros caíram. Depois senti a culpa que sempre sinto quando quero que Amil pressione o papai para obter respostas. Queria saber se estava certa sobre tio Rashid. Quase nunca entrávamos no chalé de Kazi. Ele mesmo só ia lá para dormir e passar o domingo, seu dia de folga. Não devemos incomodá-lo nessas ocasiões. Mas algumas vezes, quando estávamos entediados, Amil e eu desobedecíamos e visitávamos Kazi mesmo assim. Uma vez, há cerca de um ano, Amil encontrou um tomate estranho na horta. Pareciam três tomates grudados.

"Vamos mostrar para o Kazi", ele disse, segurando o tomate e o equilibrando sobre a cabeça.

"Não podemos", respondi, e peguei o tomate para evitar que caísse e amassasse. Queria saber que gosto tinha um tomate de três cabeças.

"Você sempre segue as regras", disse Amil, cruzando os braços.

"Bem, você nunca as segue", retruquei. "E é por isso que papai fica zangado."

Imediatamente, me senti mal pelo que disse. Não era por isso que papai ficava frustrado com

Amil. Era porque papai não entendia o motivo de Amil ir tão mal na escola e por ter receio de ele nunca se tornar médico.

Mas Amil não ficou bravo comigo. Só suspirou. "Por que não fala desse jeito com mais ninguém? Você deixa todas as regras para eu quebrar. Gosta que seja assim."

Fiquei sem saber o que dizer. Então ele pegou o tomate de mim e correu para a casa de Kazi antes que eu pudesse fazer alguma coisa. Eu sentia as coisas que ele não podia sentir, e ele dizia as coisas que eu não era capaz de dizer, exceto para ele. Era assim que funcionava.

Kazi nunca nos deixava ficar por muito tempo— só aceitou nosso presente e nos mandou embora. Não sei o que ele fazia lá o dia inteiro aos domingos. Mamãe, meus olhos estão fechando, eu termino quando puder.

Com amor, Nisha

*.·* *19 de agosto de 1947*

Querida mamãe,

O chalé de Kazi tem dois cômodos, um na frente com uma pequena cozinha e uma mesinha com duas cadeiras no meio, e o do fundo com a cama dele, um tapete, uma cadeira no canto e uma pequena cômoda com gavetas. Há uma tapeçaria pendurada na parede do cômodo da frente, e só.

 Passamos o dia de ontem no cômodo do fundo, quietos, lendo, desenhando e torcendo para ninguém nos fazer mal. Nossa casa estava escura e vazia. Não tínhamos mais a carroça, e só podíamos levar o que fosse possível carregar nas costas. Teríamos que deixar sua pintura com Kazi. Papai estava preocupado com a água. Dadi disse que era muito pesada, que ela não precisava de muito. Papai nos fez levar um pouco mais, mesmo assim.

 Ficamos sentados no chão com as costas apoiadas na parede. Amil e eu nos sentamos de um lado, papai e dadi, do outro. Era estranho não poder falar. De repente, tudo que eu queria era falar. Talvez seja assim que as crianças normais se sintam o tempo todo. Eu queria perguntar como papai se sentia por ter que abandonar a casa e o hospital. Queria perguntar se ele estava com medo. Queria perguntar se algum dia voltaríamos. Amil e eu tínhamos conversas curtas, sussurradas, mas papai punha o dedo sobre a boca, e uma hora passava sem nenhum de nós falar nada. Minha boca coçava, cheia de palavras. As pessoas realmente nos ouviriam falando? Mas eu não me atrevi a desafiar o papai.

Continuava torcendo para, de algum jeito, podermos ficar. Dormiríamos no chalé de Kazi por alguns dias e depois voltaríamos discretamente para nossa casa. A esperança abreviou as horas e me fez seguir adiante. Kazi ficou sentado do lado de fora, guardando a casa. Eu queria ir e ficar com ele.

Kazi e papai tinham um plano. Kazi bateria na porta três vezes se sentisse algum perigo, e todos nós teríamos que pular a janela do fundo e correr para o galpão da horta atrás do chalé. Eu não conseguia imaginar papai e dadi pulando a janela. Pensar nisso fez os cantos da minha boca se erguerem e tremerem, embora eu soubesse que não devia sorrir dessas coisas.

Em intervalos de poucas horas, papai nos dava um pouco de roti e lentilhas para comer com alguns rabanetes e uma fatia de manga. Eu guardei minhas fatias de manga embrulhadas em um guardanapo de pano para poder comê-las todas de uma vez antes de dormir. Toda vez que como uma fatia de manga, eu me sinto feliz por um momento. Quanto mais fatias de manga, maior será o tempo de felicidade. Quando preparei meu tapete para dormir, ainda sentia o suco denso da manga na língua. Amil cochichou em meu ouvido.

"Esse foi o dia mais longo da minha vida", disse. Assenti com veemência e me apoiei em seu corpo magro. Dadi estava sentada de pernas cruzadas, murmurando preces. Papai fazia alongamentos. Se eu tive dificuldade para ficar quieta, Amil devia estar quase explodindo.

Tentei ler, mas não conseguia me concentrar em nada. Estava esperando uma chance para falar com Kazi. Também escutava, atenta a qualquer ruído dos manifestantes, o som dos sapatos na terra, os gritos se aproximando, o crepitar de uma tocha. Esperava ouvir as batidas de Kazi na porta. Também pensei em você, mamãe. Pensei em sua pintura da mão segurando o ovo. Talvez a tenha pintado quando estava grávida de nós, com a barriga grande, todas as janelas abertas, a brisa soprando pela casa. Quando fez essa pintura, talvez fosse mais feliz do que jamais tinha sido, do que jamais seria.

Partimos hoje de manhã quando o sol mal começava a espiar por entre as nuvens. Amil olhou para mim com ar nervoso. Ele mordia os lábios. Dadi bateu de leve na minha mão e na dele. "Vai dar certo", ela prometeu. "O pai de vocês vai nos levar para o outro lado."

Eu não queria ir para o outro lado. Isso me lembrava gente morta. As pessoas que papai não conseguia salvar no hospital. Você, mamãe. Você está do outro lado. Nós ainda estamos aqui.

"Onde está o Kazi?", sussurrou Amil para o papai quando passamos pela porta.

"Uma despedida é suficiente, acho", papai respondeu com a voz rouca. Depois seguimos pelo caminho de terra que passava por nossa casa. Eu não consegui olhar diretamente para ela, só pelo canto do olho. Queria ver o rosto de Kazi uma última vez. Ele ficaria bravo comigo por eu não ter me despedido corretamente? Devia. Que bobagem a minha pensar que teria outra chance. Apertei o volume do pilão em minha bolsa. Isso era tudo que me restava. Chorei em silêncio, sem fazer nenhum barulho. Só meus ombros tremiam. Depois engoli o choro.

Não atravessamos a cidade. Era muito perigoso. Seguimos por campos de vegetação espinhosa até encontrarmos uma trilha em direção ao deserto. Havia gente na nossa frente e atrás de nós. Algumas pessoas tinham carros de boi cheios de pertences. Outras montavam camelos. Nós carregávamos menos coisas que todo mundo a nossa volta, exceto água. Cada um de nós levava um recipiente grande que duraria alguns dias, antes de precisarmos enchê-lo. Papai levava dois.

Antes de partirmos, papai disse para mantermos a cabeça baixa e não falarmos com ninguém, quem quer que fosse. Dadi andava perto de mim. Ela disse que eu devia me manter coberta com o xale, que agora sou maior e homens desconhecidos não são confiáveis. Não falei isso a dadi, mas só confio em quatro pessoas no mundo. Papai, dadi, Amil e Kazi. E em você, mamãe, confio em você.

Agora parece que estamos mesmo em uma história. Ouvi histórias como essa, sobre pessoas que fogem de suas casas durante a guerra levando apenas a roupa do corpo e comida. Agora somos essas pessoas, embora não haja uma guerra aqui, mas é como se fosse uma guerra. Parece quase uma guerra inventada. Isso faz cada passo que dou parecer amortecido, como se meu pé não tocasse o chão, como se eu não estivesse em meu corpo. Tivemos que deixar nosso tabuleiro de xadrez. Também tivemos que deixar minha velha boneca, Dee. Tia Deepu me deu a boneca quando eu tinha dois anos, e eu decidi chamá-la de Dee por causa dela. Eu andava e pensava em Dee, em seu sári laranja e dourado puído e no vermelho pintado em sua boquinha. A boneca tinha até brincos dourados nas orelhas e um bindi verde e reluzente na testa. De repente, senti tanta saudade dela que meu peito doía, embora eu não brincasse com Dee desde que tinha dez anos. Ela ficava sentada no canto do quarto, ao meu lado, olhando para mim e Amil. Agora seria de outra menina que a encontrasse.

Andamos o dia todo carregando nossas coisas. Dadi não conseguia andar depressa, por isso íamos devagar. Papai disse que tínhamos que andar pelo menos quinze quilômetros por dia, mais, se conseguíssemos, e que isso levaria umas quatro horas. Com os intervalos, levaríamos uma cinco ou seis. Hoje, nosso primeiro dia, andamos devagar por sete horas com intervalos, e acho que passamos de vinte quilômetros. Papai disse que só podíamos beber um pouco de água a cada hora, o que era difícil, mas eu só bebia quando papai mandava. Vi Amil beber escondido um ou dois goles, mas não falei nada.

À noite, papai encontrou um lugar para nós perto de uma grande pedra e de arbustos de vegetação do deserto. É uma espécie de caverna. Ele não quis ficar muito perto das outras famílias que também passavam a noite ali. Papai gosta de privacidade. Em casa, não recebíamos muitas visitas. Acho que seu único amigo próximo era o dr. Ahmed. Papai sempre gostou de uma boa festa, mas dizia que, quando voltava para casa depois de um dia no hospital, só queria paz e sossego. Acho que papai gosta de cuidar das pessoas mais do que gosta de conviver com elas.

Deixamos nossas coisas no chão, e papai pediu nossa ajuda para acender um fogo para afugentar animais e insetos. Ajudei Amil a encontrar os gravetos certos e algumas folhas secas. Papai ajeitou os gravetos em uma pilha, pôs as folhas secas embaixo dela e acendeu um fósforo da caixa que tínhamos levado. Ficamos todos sentados vendo o fogo devorar as folhas, as pequenas labaredas que subiam pelos gravetos. O que há de tão fascinante no fogo? Não consigo desviar os olhos dele.

Quando as chamas ganharam força, aquecemos nosso jantar nelas, mais roti e dal. Só trouxemos uma panela. Temos um estoque de roti, dal, castanhas, frutas secas e alguns sacos de ervilhas secas, lentilhas e arroz.

"Papai", falou Amil enquanto mastigava o roti seco sentado no chão, "essa é toda comida que temos?" Ele apontou para a bolsa que papai carregava. "E se ficarmos sem água?".

"Beba com cautela. Um pouco por hora. Vamos encontrar um lugar para encher os recipientes."

"Mas e se...", começou Amil. Papai pôs um dedo sobre os lábios.

"Um gole por hora", ele disse. "Vamos encontrar um lugar para pegar mais água."

"No meio do nada?" Amil abriu os braços mostrando o espaço em volta.

Papai o encarou, e a luz do fogo dançou em seus olhos. Amil finalmente fechou a boca e cuidou do fogo. Procuramos escorpiões antes de sentarmos ali. Para dormir, tínhamos um mosquiteiro grande que cobriria todos nós. Precisávamos manter nossas coisas perto da gente, a água, a comida, tudo bem embalado nas bolsas e nos recipientes para não serem roubadas por animais ou pessoas. Passamos um tempo sentados em volta do fogo e dadi cantou, sua voz aguda viajando no ar como uma borboleta. Amil fez alguns desenhos na areia com um graveto. Eu não quis pegar meu diário na frente de todo mundo e deixar o papai ver, mas agora isso é um hábito, uma sensação trêmula que começa em meus dedos à noite. Eu tive essa sensação quando a escuridão começou a descer sobre nós. Tirei o diário e o lápis da bolsa. Papai me observava. Eu me ajeitei e comecei a escrever.

"O que é isso, Nisha?", papai perguntou.

"Meu diário", respondi em voz baixa.

"Seu diário?" Ele parecia mais sério que nunca.

Meu dedos o seguraram com força.

"Kazi me deu." Agora sei o que Kazi quis dizer quando falou em escrever todas as coisas que os adultos não serão capazes de escrever.

Papai virou a cabeça para o lado. Seu rosto ficou mais suave.

"Continue, então", ele disse. "Mas só por alguns minutos. Você precisa descansar."

"Sim, papai", concordei, pressionando o lápis contra o papel. Senti um formigamento elétrico no braço. Depois escrevi tudo isso.

Com amor, Nisha

• •• *20 de agosto de 1947*

Querida mamãe,

Estamos quase sem água. Não era para acontecer tão cedo, mas Amil derrubou a dele e a de papai quando tentou carregar os dois jarros hoje de manhã, enquanto arrumávamos as coisas. Papai o pressionou, dizendo que ele deveria carregar mais coisas, que já era quase um homem e devia levar os pertences de dadi também. Mas Amil é muito magro, como um galho que pode se partir ao meio com facilidade. Aposto que dadi pode carregar mais coisas. Ele acatou a ordem, e quando pendurava a bolsa de papai e a dele nas costas, já carregando os dois jarros de água e as esteiras, os jarros caíram no chão e as tampas se soltaram. Ele nem notou na hora, mas eu vi. Ouvi, antes de ver, aquele *glub, glub* da água criando um riozinho no chão seco.

"Amil!", gritei, correndo para a água. Levantei os jarros na terra arenosa, peguei as tampas e as recoloquei e rosqueei depressa, como se a rapidez da ação pudesse reverter o dano. Dadi e papai observavam. Olhei para a cara de Amil. Ele estava de boca aberta, seus olhos tão arregalados e indefesos que senti meu peito doer. Ele olhou para o papai como um cachorro que espera ser chutado. Eu me levantei segurando os jarros quase vazios e parei na frente de Amil, de frente para papai, entre os dois.

Papai caminhou lentamente em nossa direção. Amil baixou os olhos. A boca de papai era uma linha reta e fina. Ele pegou os jarros das minhas mãos e colocou-os no chão. Depois alinhou os outros recipientes com cuidado e despejou um pouco de água de cada um deles nos que haviam caído, distribuindo o líquido igualmente. Por fim, ele nos devolveu os jarros.

"Não derrube de novo. Tem vida aqui. Trate-os dessa maneira", ele falou para Amil por entre os dentes.

Amil manteve a cabeça baixa e assentiu.

"Desculpe, papai." Seus olhos começaram a encher de lágrimas. Meu corpo todo ficou tenso. *Não chore, Amil, por favor, não chore*, pensei. Amil sempre chorou mais do que eu. Quando era pequeno, ele fazia muita birra. Papai ficava com o rosto muito vermelho quando ele sapateava e chorava porque havia quebrado um brinquedo, ou porque dadi queria que ele sentasse e terminasse de jantar.

Sempre me perguntei por que Amil não tinha medo do papai como eu tinha, mas talvez fosse algo que ele não conseguia controlar. Depois de um tempo, papai o colocava sobre os joelhos e dava um tapa firme em seu traseiro. Eu sabia que não machucava, mas isso sempre o fazia parar. Em seguida, o rosto de papai se contorcia, e eu via o arrependimento em seus olhos. Amil ficava em pé massageando o local e finalmente se sentava, comia ou recolhia o brinquedo. Mas isso foi há anos. Agora Amil sabia que não podia mais fazer birra.

"Por que faz isso?", perguntei uma vez, quando ainda éramos pequenos o bastante para dormir na mesma cama.

"Faço o quê?"

"Deixa o papai tão bravo."

"Não sei", respondeu Amil. "Papai olha para mim de verdade quando eu choro."

"Ele sempre se sente mal quando bate em você."

"Essa é a melhor parte", ele falou.

Agora me pergunto se papai ficou bravo o suficiente para bater em Amil.

"Eu sei que não foi de propósito", foi tudo o que papai disse. Com um gesto ríspido, limpou as lágrimas que começaram a correr pelo rosto de Amil. "Não chore. Seu corpo precisa de toda a água que tem."

Fiquei aliviada quando retomamos a caminhada. Mas como era óbvio que papai não ia bater nele, senti uma raiva súbita de Amil. Por que ele não podia ser mais cuidadoso? E se não encontrássemos água no tempo necessário? Ainda assim, eu não podia dizer isso a ele. Se dissesse, seria como papai. Não quero ser como papai. Quero ser como você era, mamãe, alegre e elegante, criando beleza a sua volta, sempre gentil. É assim que penso que você era. Posso dizer por sua foto, ver em seus olhos. Às vezes também quero ser como Kazi, segura com meus vegetais, temperos e facas na cozinha, deixando a comida falar por mim. Amo o papai, mas não quero ser séria e triste como ele. Mas, provavelmente, sou mais parecida com ele. Amil é como você? Ele não é elegante, na verdade, mas raramente fica triste. Mesmo quando fica, a felicidade começa a invadi-lo e faz suas pernas se balançarem, os olhos cintilarem. A energia feliz sempre se impõe. Para mim, é o contrário.

Tentamos beber ainda menos água hoje, e minha garganta começou a ficar seca. Minhas pernas tremiam como gelatina no calor. Encontramos uns pomares de manga e cada um de nós pegou algumas e guardou na bolsa. Papai disse para comermos só duas por dia. Comi uma e guardei a outra por horas, sentindo seu peso bater em minhas costas enquanto andávamos. Finalmente a comi quando descansávamos perto de algumas pedras. Abri a casca com os dentes, puxei com a mão e comi a polpa. O suco ácido e denso invadiu minha boca, e eu me arrepiei. Meus dentes morderam mais forte a polpa madura. Depois de comer só roti velho e dal e beber pouca água, aquilo era como um creme de fruta feito com mel e manteiga. Eu queria ficar ali descansando e comendo mangas, sentindo a brisa, quase como se estivesse de férias, não fugindo da única casa que já tive.

Kazi costumava cortar cada manga em quatro pedaços, dois grandes ao longo do lado plano do grande caroço no meio e dois pequenos ao longo das beiradas do caroço. Amil e eu brigávamos pelo caroço, pois adorávamos chupar cada fragmento de fruta dele, sentir o suco doce cobrindo nossos rostos e mãos.

Andamos provavelmente uns vinte e cinco quilômetros ou mais. Comemos quase todo nosso roti e dal, mas ainda temos o arroz seco, as ervilhas e as lentilhas. Tio Rashid vai ser gentil conosco quando chegarmos lá, mamãe? É muito estranho só o conhecermos agora. Estou um pouco animada, e também estou com medo. Ele odeia o papai? Durante todo esse tempo, seu irmão esteve a cem quilômetros de distância e não o conhecemos.

Meus pés estão queimando enquanto escrevo aqui sentada. Só tenho um par de sandálias de couro gasto. Cubro as bolhas com folhas frescas, mas elas caem. Ainda é esquisito dizer que o solo em que meus pés doloridos pisam não é mais a Índia, mas um lugar chamado Paquistão. Eu me sinto mal pelas pessoas que levam muitas coisas empilhadas em carroças e nas costas. Elas tentam levar demais.

Papai diz que vai conseguir encontrar trabalho rapidamente assim que passarmos a fronteira, porque os médicos são sempre necessários. Papai diz que os irmãos dele vão encontrar uma casa para nós em Jodhpur e teremos coisas novas com o tempo. Por isso não trouxemos quase nada. Sinto que tenho sorte por ser filha de um médico. É a única coisa que me faz pensar que tenho sorte neste momento, enquanto tento dormir na minha esteira no chão, olhando para o céu limpo através do mosquiteiro e sentindo o gosto de terra na boca.

Com amor, Nisha

### ··• *21 de agosto de 1947*

Querida mamãe,

Hoje acordei me sentindo horrível. Minha língua estava colada no céu da boca. A cabeça latejava. Os dedos formigavam. Quando tentei levantar, tive a sensação de que meus braços e pernas eram recheados de areia.

"Amil", chamei, cutucando-o para acordá-lo. "Está se sentindo estranho?"

Ele resmungou alguma coisa que não entendi. Fitei papai e ele abriu os olhos, e nos encaramos de um jeito como nunca nos encaramos antes, não como pai e filha, mas como duas pessoas amedrontadas. Isso de repente me fez ver o papai como uma pessoa, não só como meu pai, como se uma porta secreta se abrisse. Então ele piscou e tudo acabou.

Engatinhei por minha esteira, passei por Amil, que dormia de novo, e me ajoelhei ao lado do papai. Ele tocou meu ombro.

"Hoje vamos encontrar água", ele disse.

Assenti. Queria perguntar como, mas não queria que ele tirasse a mão do meu ombro, então fiquei em silêncio, mas ele a tirou assim mesmo. Eu sabia que não poderíamos andar quinze quilômetros hoje sem água. Restavam poucos goles em nossos jarros.

"Sua boca está seca?", papai perguntou, sentando-se em sua esteira de pernas cruzadas.

"Não muito", murmurei com voz séria, virando para o outro lado.

Ele se inclinou e me disse para abrir a boca. Fiz como ele dizia. Ele examinou o interior da minha boca pressionando as laterais do meu rosto com os dedos fortes. Depois examinou meus olhos levantando as pálpebras. Verificou meu pulso e beliscou de leve o dorso da minha mão.

"Tudo bem", ele disse. "Pode enfrentar mais um dia."

Mais um dia, e depois? Eu não queria saber. Depois ele se virou para Amil. Sacudiu seu ombro, mas Amil só gemeu sem abrir os olhos.

"Amil", papai chamou em voz alta.

Amil se mexeu e virou para ele. Dadi chegou mais perto e se agachou ao lado do ombro dele.

"Sente-se", papai falou com tom firme.

Amil só piscou.

"Sente-se", papai repetiu mais alto.

Amil sentou-se.

"Estou enjoado", falou Amil com uma voz áspera, a pele seca, os olhos fundos. Papai fez todas as coisas que tinha feito comigo, mas não falou que Amil estava pronto para mais um dia.

"Você ainda tem água?", papai perguntou. Amil balançou a cabeça e olhou para o chão, os ombros caídos sob o peso da vergonha. Ele espetou o dedo no solo de areia. Desenhou uma linha, depois outra. De repente, a imagem de uma árvore surgiu.

Papai deu a ele o próprio jarro. Amil balançou a cabeça.

"Pegue. Está precisando." Ele empurrou o recipiente para Amil e bateu na mão que desenhava.

"Papai", Amil respondeu, pegando o jarro e sacudindo-o de leve. "Só tem um gole aqui. Não mereço beber toda a sua água."

"Bobagem", papai respondeu. "Beba."

Amil bebeu de um gole só. "Desculpe, papai", ele disse, olhando para o chão de novo. E contemplou a árvore que havia desenhado.

Eu me aproximei da bolsa, peguei a última manga que levava nela e a ofereci a Amil.

"Pelo menos guardou a manga?", papai perguntou a Amil. Ele assentiu. Todos nós ainda tínhamos uma.

"Vamos comê-la agora e encontrar mais hoje. Nisha, coma a sua. Amil tem a dele."

"E água", disse dadi. "Precisamos encontrar água." A voz de dadi também era áspera e seca.

Olhei para ela e vi que estava pálida, com olheiras fundas. Pobre dadi. Devia estar descansando em sua cadeira favorita, cantando baixinho enquanto costurava as camisas do papai. Eu não me atreveria a dizer isso em voz alta, mas estava muito brava com todos os líderes, como Jinnah e Nehru, que deviam ter mais consciência, nos proteger e garantir que coisas como essas não acontecessem. Estou brava até com Gandhi por não ter conseguido impedir tudo isso.

Papai parecia estar bem. Nada o enfraquecia. De fato, não conseguia me lembrar de tê-lo visto doente nunca, nem uma vez. Como isso era possível? Ele trabalhava com doentes e doenças desde que se tornara adulto. Talvez papai não seja humano, mas um deus cuidando de nós. Seu primeiro nome, Suresh, significa que é um governante de todos os deuses, o protetor, outro nome para Vishnu. Talvez a preocupação em seu olhar quando examinou Amil e a mim tenha sido só uma encenação. Mamãe, alguma vez pensou isso sobre o papai?

Ele me fez beber o que restava da minha água. Bebi um gole e ofereci o jarro a dadi.

"Não, não, meu bem", ela bateu no meu braço de leve. "Ainda tenho um pouco."

Mas não a vi beber de seu recipiente. Ofereci o jarro para papai.

"Beba", ele falou, seu olhar firme. E eu bebi. Deixei a água escorrer por minha garganta, mas não foi o suficiente. Não conseguia pensar em nada mais belo que baldes de água fresca e limpa para beber. Comi a manga, mas minha língua estava adormecida, e dessa vez mal consegui sentir seu sabor. O suco denso da fruta grudou em meus lábios. E me fez ansiar ainda mais por água.

Reunimos nossas coisas em silêncio. Normalmente, eu era a que ficava quieta enquanto a família fazia barulho a minha volta. Gostava dos barulhos, de Amil falando, de dadi cantando ou fazendo suas preces, de papai dando ordens para fazermos isso ou aquilo. E Kazi falando comigo na cozinha. Ele era o único em minha casa que nunca se incomodava se eu não respondia, o que me fazia querer falar mais. Agora o silêncio encobria todos nós como uma névoa. Enrolamos as esteiras, recolhemos as bolsas e as ajeitamos nas costas. Peguei o jarro de dadi quando ela não estava olhando e o sacudi. Estava vazio.

Mais uma vez me senti grata pelo pouco que tínhamos para carregar, com exceção da água. Devíamos ter trazido uma carroça dela. Em casa eu não pensava muito em água. Badal, o homem da água, a levava colina acima todos os dias, do poço para nosso reservatório. Dois sacos de couro pendiam de um grande bastão em suas costas. Ele assobiava feliz enquanto subia a encosta, como se carregasse penas. Nunca pensei em como aquilo devia ser pesado e na sorte que tínhamos por existir alguém para levar água para nós todos os dias. Uma onda de vergonha atravessou o centro do meu corpo e fez com que me sentisse pior.

Agora é como se água fosse a única coisa que sempre quis. Não é só sede. Não tomamos banho desde que partimos. Uma camada de terra, poeira e suor me cobre como uma fina camada de pelos. Meus pés estão imundos. Meus dentes parecem casca de damasco. É estranho que não tenhamos mais nem que ir ao banheiro. Tentei não pensar em água enquanto ajeitava minha bolsa e a esteira enrolada nas costas. Vi uma família passando por nós, seguindo na mesma direção. Uma menina alguns anos mais nova que eu olhou para mim, e vi seus cabelos e roupas desgrenhados e sujos. Ela parecia um animal pequenino e assustado, esmagado pelo peso de suas coisas. Ela via a mesma coisa em mim, provavelmente.

Papai se aproximou da família que passava e inclinou a cabeça na direção do homem do grupo, provavelmente falando com seu tom firme, mas gentil, de médico, uma voz que fazia tudo parecer bem, mesmo quando tudo estava terrivelmente errado. Ele apontou para nós e olhou para o homem de novo. O homem balançou a cabeça, e papai voltou para perto de nós.

"O que disse a ele, papai?", perguntou Amil, se animando com o momento de mistério.

"Perguntei se tinha água. Ofereci um pouco da nossa comida. Mas eles têm só um pouco, e estão com quatro crianças. Ele falou que tem água corrente no próximo vilarejo, a uma hora daqui."

"Como ele sabe?", interrogou Amil.

"Use a cabeça. Sempre tem água em um vilarejo."

Amil não se atreveu a fazer mais perguntas. Havia algo de reconfortante em como papai o tratava. Era o jeito como sempre o havia tratado, como uma mosca irritante. Mesmo assim, queria que papai fosse mais gentil com ele. Amil só está sendo a pessoa que ele sabe ser. Mas acho que papai está fazendo a mesma coisa. Acho que todos nós estamos. É só que algumas pessoas são melhores que outras nisso.

Continuamos andando em silêncio. Papai na frente, eu, Amil, depois dadi, todos em fila. Tinha gente na frente e atrás de nós. A terra era dura sob nossos pés, e o sol era quente no corpo, secando-o ainda mais. Pensei em Kazi e nos damascos, mangas e tomates secos que ele costumava fazer pendurando fatias finas ao sol. Eu adorava a textura das frutas secas, seu sabor puro e cheio de sol, sem água para interromper o gosto. Amil nunca gostou de comer frutas secas. Dizia que o fazia pensar na pele de pessoas muito velhas. Pensei em nós murchando como fatias de manga.

Diminuí um pouco o ritmo para Amil poder me alcançar. Olhei para trás. Seus passos não tinham a animação habitual.

"Você está bem?", perguntei em voz baixa enquanto tocava seu ombro.

Ele assentiu. Seus olhos eram inexpressivos.

"De verdade?", insisti, e meu coração acelerou um pouco.

Ele assentiu de novo.

"Porque pode me contar se não estiver", eu disse.

"Nisha", ele falou por entre os dentes, "pare."

Fechei a boca e caminhei ao lado dele, não mais na frente dele.

Adequei meus passos aos de Amil, garantindo que nossos pés encontrassem e deixassem o chão ao mesmo tempo. Fiz disso um jogo, e o som de nossos passos tornou-se a cadência de uma canção que eu ouvia em minha cabeça. Era uma velha melodia, uma música que dadi cantava para nós quando éramos pequenos e íamos dormir. Amil cantava com dadi, e dadi o silenciava e dizia que ele não dormiria se cantasse junto. Lembro-me de também desejar que ele ficasse quieto. Queria ouvir só a voz de dadi. Às vezes fechava os olhos e fingia que era você cantando para nós, mamãe. Mas ele parava apenas por alguns segundos, então voltava a cantar. Percebi que fazia muito tempo que eu não ouvia Amil cantando. O que eu não faria para ouvi-lo cantar agora.

Com amor, Nisha

*. .:* *22 de agosto de 1947*

Querida mamãe,

Não estamos bem. Eu mal consigo escrever, mas, se morrermos aqui, quero terminar isso. Quero que alguém saiba o que enfrentamos. Não há razão para nosso sofrimento. Estamos na época de chuvas, mas aqui não chove muito. Choveu antes de começarmos a viagem, e agora, quando mais precisamos da chuva, o céu está tão seco quanto nossas gargantas. Fico olhando para cima procurando nuvens escuras, mas tudo que vejo é o azul ofuscante. Você pode mandar chuva para nós, mamãe?
 Também não acredito que papai seja como Vishnu, afinal. Quando nos aproximamos do vilarejo, ouvi vozes e alguém gritando e chorando. Depois avistei uma fila que se estendia até a bomba de água. Paramos no fim da fila, e papai foi até a frente.
 "Fiquem aqui", ele disse. "Quero ver o que está acontecendo."
 Nós o observamos se afastar. As vozes ficaram mais altas e ouvimos um grito profundo, depois um

berro agudo. A fila entortou quando todo mundo tentou ver o que tinha acontecido.

Amil começou a andar na direção do grito.

"Fique aqui", falou dadi, mas ele continuou andando.

"Amil!", gritei, mas ele não olhou para trás. Fiquei com dadi, mas também queria ver.

"Dadi, podemos chegar mais perto?", cochichei. Ela afagou minha mão com tanta força que doeu.

"Não seja boba", murmurou de volta, mas esticou o pescoço acima da multidão. Ouvimos mais gritos. Amil voltou andando devagar. Normalmente, ele estaria correndo e pulando agitado, mas se estava se sentindo como eu, ficar em pé já era um grande esforço, e sei que ele se sentia pior. Seus olhos eram cobertos por uma película de poeira, mas consegui ver o brilho do medo atrás dela.

"Um homem roubou água de outro homem e cortou o braço dele com uma faca. Papai está tentando conter o sangramento."

Dadi cobriu a boca com a mão. Eu não estava pensando no homem que sangrava. Não pensava na faca. O que eu pensava, mamãe, era que, se papai ajudasse o homem, alguém nos daria água. Tinha inveja do homem que havia fugido com a água. Era isso que a sede fazia comigo.

Eu me perguntava se Amil ou dadi pensavam a mesma coisa, mas não podia perguntar a eles. E então eu vi a alguns metros de nós: um grande recipiente no chão, sem ninguém perto dele. Pelo jeito como estava assentado no chão, dava para perceber que estava cheio, provavelmente de água. Comecei a me aproximar dele lentamente. Se conseguisse beber um pouco, e dar um pouco para Amil e dadi, viveríamos mais um dia. Fui me aproximando até chegar bem perto e estendi a mão. Vi pés correndo em minha direção e um homem agarrou o jarro, levantando uma nuvem de terra e poeira. Recuei tropeçando, e o homem rosnou para mim. Rosnou de verdade. Eu me encolhi como um gato. Dadi me puxou de volta para a fila.

"Nisha, o que está fazendo? Fique aqui!" Fiquei paralisada ao lado dela, com medo de me mexer.

Chegamos mais perto da bomba. Amil andava devagar a nossa frente. Vi papai ajoelhado no chão ao lado de um homem, a terra salpicada de sangue. Ele envolvia o ferimento com uma camisa. O homem mantinha a cabeça inclinada para trás, os olhos fechados. Uma mulher chorava ao lado dele, carregando um bebê sobre o quadril e limpando os olhos com um xale. A bomba não jorrava mais água. Um homem bombeava furiosamente, mas não saía nada do cano. Alguns grupos começaram a se afastar.

Olhei para o homem com papai e procurei ao redor por outros jarros de água. Havia um ao lado do homem ferido, mas ele o segurava com a mão livre. Outras pessoas se aproximaram da bomba e tentaram extrair água, apesar de a pessoa anterior não ter conseguido nada. Quando terminou de fazer o curativo, papai perguntou ao homem se podia pegar um pouco de água e apontou para nós. Dei um passo à frente com a boca ligeiramente aberta. Imaginei a água descendo por minha garganta. O homem olhou para mim, depois para Amil e dadi. E se levantou depressa. "Não tem o bastante", disse, e se afastou cambaleando, agarrado ao recipiente, seguido pela mulher com o bebê.

Quis agarrar o homem pelos ombros. Merecíamos essa água! Ele poderia ter sangrado até morrer sem a ajuda do papai. Pegue-a, papai, eu quis gritar, pegue a água. Mas, em vez disso, abaixei os olhos para o sangue na terra.

Com amor, Nisha

*24 de agosto de 1947*

Querida mamãe,

Nunca tinha pensado em morrer. Pensava em outras pessoas morrendo, mas nunca pensei em não estar mais aqui. Era de se esperar que já houvesse pensado, porque vi muita gente morrer em leitos de hospital, os olhos se voltando para o alto, a boca aberta. Eu vi pessoas cobertas com um lençol quando passavam. Eu as vi deitadas em seus leitos fúnebres cobertos de flores, sendo levadas pelas famílias que as carregavam pelas ruas para a cremação. Vi o irmão mais velho de papai, tio Vijay, que morreu de um ataque do coração há dois anos, coberto por um pano branco, com flores laranjas e amarelas arrumadas cuidadosamente em torno de seu corpo sem vida antes da cremação, com a aparência tranquila de alguém que dormia.

Mas ontem de manhã achei que todos nós íamos morrer. Primeiro Amil, depois dadi, depois eu e depois papai. Achei que aconteceria nessa ordem. Simplesmente voaríamos como chamas na noite silenciosa. Minha mente foi tomada por cores escuras, como se alguém tivesse me trancado em uma caixa. Há cinco dias dormíamos no chalé de Kazi. Kazi. O que ele estaria fazendo agora? Doía pensar nisso.

Estávamos muito fracos para andar muito depois que deixamos o vilarejo, por isso encontramos um lugar embaixo de algumas árvores e ficamos lá juntos. De vez em quando, papai beliscava nossa pele e tomava a pulsação, depois olhava para o nada. Dadi murmurava preces e refez a trança no meu cabelo. Amil ficou deitado na esteira olhando para o céu. Ele segurava uma pedrinha lisa e a virava entre as mãos. Parava por alguns minutos, depois a virava uma ou duas vezes, e meu coração batia mais devagar. Se eu olhasse para o rosto vazio de Amil, começaria a chorar, por isso só olhava para a pedrinha na mão dele. Nunca o tinha visto daquele jeito, parado e silencioso.

Eu nem sentia mais sede. Não conseguia sentir mais nada. Quando dei por mim, papai nos acordava no meio da escuridão. O ar havia esfriado. Olhei para a área plana e seca e só consegui ver o brilho lento da luz azul sobre o horizonte, o primeiro sinal do amanhecer. Ele havia encontrado mais mangas. Quando ele tinha feito isso? Papai removeu as cascas.

"Comam", disse, entregando uma a cada um de nós. "Precisam comer. Chupem o suco."

Pegamos as mangas escorregadias e as mordemos sem muita força, chupando as frutas como bebês. Papai teve que levantar Amil com uma das mãos e alimentá-lo com a manga. Os olhos de Amil não tinham foco. Minha garganta ficou apertada. Engatinhei para perto dele e segurei sua mão fria, magra. Se perdesse meu irmão, acho que nunca mais conseguiria dizer uma só palavra.

Depois que comemos as mangas, papai se agachou diante do nosso pequeno círculo, de frente para nós.

"Escutem", ele disse num sussurro rouco. "Tem outro vilarejo a pouco mais de um quilômetro daqui. Precisamos ir agora. Temos que usar o pouco de força que temos."

Assentimos, levantamos com esforço e, de algum jeito, recolhemos nossas coisas. Tive cãibra na panturrilha e caí no chão. Elas começaram ontem. Vi que Amil e dadi também as tinham. Por alguma razão, papai não tinha cãibras, ou as escondia de nós. Ele nos dizia para flexionar os pés com força e massagear o músculo para fazer a contração passar. Quando papai ajudou Amil a ficar em pé, Amil se curvou e vomitou a manga.

Dadi se aproximou e cochichou alguma coisa no ouvido de papai. Ela balançou a cabeça. Papai concordou. Eles cochicharam mais um pouco, mas eu não consegui ouvir o que diziam. Papai ajudou Amil a sentar-se de novo. A cãibra desapareceu quando massageei minha perna.

"Acho que vocês não vão conseguir andar até lá. Descansem aqui com a dadi", papai falou para mim e Amil. "Eu trago água."

*Mas e se morrermos antes de você voltar?*, eu queria perguntar. Não queria morrer, não desse jeito. Existe algum jeito bom de morrer? Talvez muito velho, cercado por todas as pessoas que se ama, e o coração para de bater suavemente porque você já viveu o suficiente. Mas nós não vivemos o bastante. Você também não tinha vivido o suficiente, mamãe. Eu sabia que devia estar gritando e chorando. Mas não conseguia. Não tinha mais força em meu corpo.

Papai olhou para nós com firmeza e tocou meu rosto. Ele verificou o pulso de Amil novamente e segurou a mão dele. Depois olhou para dadi.

"Continue falando com ele. Tente fazê-lo chupar um pouco de manga, não muito."

Papai então pegou dois jarros e se afastou de nós em direção à trilha principal.

"Amil", falei, me deitando ao lado dele. "Vamos contar." Ele virou a cabeça ligeiramente para mim. "Vamos calcular quantos passos papai vai ter que dar para andar um quilômetro e meio e voltar. Não vai demorar. Ele vai trazer água para nós."

Comecei a contar baixinho. Amil me observava com seus grandes olhos escuros. De novo, minha memória trouxe de volta uma noite em nossa casa há muito tempo. Amil devia ter tido um pesadelo. Ele acordou gritando. Nós provavelmente tínhamos uns sete anos. Levantei e me sentei ao lado dele. Ele deitou de novo e estendeu a mão. Eu a segurei e comecei a contar em voz alta. "Pense só nos números e não vai pensar em mais nada." Nós dois contamos, ele olhando para mim e piscando. Depois de um tempo, ele voltou a dormir. Depois desse dia, fiz a mesma coisa toda vez que Amil tinha um pesadelo. Agora estávamos vivendo um pesadelo.

Dadi se abaixou ao lado de Amil, do outro lado, e deu a ele alguns pedaços de manga. A fruta que comi devia ter ajudado, porque eu estava um pouco menos confusa. Contei até cem, depois duzentos, depois mil. Imaginava os passos firmes de papai marcando a areia no chão. Amil fechou os olhos. As pernas dele tremeram. Vi seu peito subir e descer e acompanhar minha contagem dos passos com o ritmo lento de sua respiração, contando três passos para cada inspiração e mais três para cada expiração. Dadi sentou-se de pernas cruzadas e cantou baixinho, afagando o ombro de Amil de vez em quando. Olhei para ela, minha pobre dadi. Seu sári marrom e dourado, salpicado de terra, o rosto seco e ainda mais enrugado. O coque havia desmontado e uma longa trança grisalha descia por seu ombro. Uma explosão de culpa queimou meu rosto quando pensei em quantas vezes quis que ela parasse de chupar os dentes, me mandar fazer tarefas da casa ou trançar meu cabelo com muita força, puxando demais. Ela nos amava. Era como um velho cobertor macio que eu quase nem notava que estava ali. Ela simplesmente seguia em frente, independentemente de qualquer coisa.

"Dadi", falei.

Ela levantou a cabeça.

Tentei engolir, mas os músculos da minha boca não funcionavam bem. "Eu te amo."

Ela balançou a mão para mim e balançou a cabeça. Estava certa. Eu não devia estar dizendo essas coisas. Mas precisava, por precaução. Nunca dissemos essas coisas uma para a outra. Mas isso não me entristecia, porque fazíamos coisas que traduziam o amor. Agora eu via. Dadi lavando e costurando minhas roupas, papai nos beijando na testa na hora de dormir, Amil fazendo um desenho para mim. Kazi fazendo minha paratha preferida recheada com cebolas fritas e batatas. Todos os dias eram cheios de coisas assim. Tudo era amor, mesmo entre papai e Amil. Por que não vi isso antes, mamãe? E se fosse tarde demais? Segurei a mão seca e morena de dadi e a afaguei. Ela afagou a minha de volta.

Não parei de contar. Conseguia pensar e contar ao mesmo tempo. De vez em quando, eu perdia um pouco o ritmo. Devia ter passado uma hora. Eu estava em três mil. Agora contava quatro passos para cada respiração de Amil. Depois cinco. Eu o sacudi, mas ele não abriu os olhos.

"Amil", sussurrei em seu ouvido. E o sacudi de novo. Nada.

"Dadi." Olhei para Amil. "Ele não está acordando."

Ela sacudiu seu ombro e pôs um pedaço de manga em sua boca, mas ele não se mexeu. O pânico brilhou nos olhos dela. Dadi encostou a cabeça no peito de Amil.

"Está respirando", murmurou, levantando a cabeça e voltando-a para o céu. Ela começou a choramingar uma prece, não em voz alta, mas com muita dor. Eu queria que ela parasse, mas olhei para cima para ver o que ela via. E então senti. Uma gota de água em minha cabeça, formigando no couro cabeludo. Olhei em volta. Me perguntei se estava imaginando aquilo. Dadi continuava sua prece, e eu senti outra gota. Dadi parou e olhou para mim.

"Sentiu isso?", ela perguntou.

Eu balancei a cabeça. Nós duas olhamos para o céu. Mais e mais gotas caíram. Vi uma pousar na testa de Amil, mas ele não se moveu.

A chuva começou a cair mais forte. Olhei para cima e abri a boca. Algumas gotas caíram dentro dela.

"Nisha, precisamos recolher a água!"

Comecei a ficar tonta com a água batendo em meus braços, no rosto, inexplicavelmente toda aquela água. Mas ainda não estava em nosso alcance. Pensei no pilão escondido em minha bolsa. Fui pegá-lo. Não olhava para ele desde que saímos de casa. Segurá-lo nas mãos foi o suficiente para eu ter a sensação de que viajávamos no tempo de volta a nossa cozinha. Dadi olhou para mim com ar surpreso, mas não disse nada. Deixei o pilão no chão, o fundo da vasilha de mármore branco manchado pelos temperos ali amassados. Ela começou a encher. Minha garganta doía. A vasilha tinha uma quantidade suficiente para ser bebida. Por mais que cada célula do meu corpo ansiasse pelos poucos goles ali contidos, eu me debrucei sobre Amil.

"Amil, acorde. Tem água aqui", falei, e minha voz soou mais grave e áspera, diferente da minha voz. Ele não se mexeu. Lentamente, despejei um pouco de água em sua boca e massageei a garganta para ajudá-lo a engolir. Ele aceitou um fio de água e tossiu. Abriu os olhos e começou a tossir.

"Beba", cochichei em seu ouvido o mais alto que consegui com minha voz seca. Dadi se aproximou e segurou a cabeça dele. Despejei mais água em sua boca. Dessa vez ele aceitou um pouco mais. Ouvi uma voz distante, flutuando no ar denso e carregado de chuva. Quando tentei prestar mais atenção, não ouvi mais a voz. Concentrei-me de novo em Amil. Os olhos dele estavam fechados. Levantei a cabeça para o céu e deixei a água encher minha boca, e engoli meu primeiro gole de água em dois dias, água fresca e doce. Diamantes líquidos.

"Amil, Nisha", ouvi. Estreitei os olhos para enxergar em meio à chuva. Vi uma silhueta escura e molhada carregando jarros.

"Ele voltou", disse dadi.

Meu estômago revirou e meu corpo todo gritou, um som que era mais como o latido de um animal do que minha voz.

A silhueta de papai, escura e distorcida pela cortina de chuva, ganhou nitidez quando ele chegou mais perto. E logo ele estava ali, em pé diante de mim e dadi, que continuava abaixada ao lado de Amil. Papai se ajoelhou do outro lado de Amil e soltou os jarros. Seu rosto se contorceu de um jeito como eu nunca tinha visto antes. Ele se abaixou e encostou a testa no peito de Amil. Depois levantou a cabeça e cobriu o rosto. Estava chorando? Eu nunca tinha visto papai chorar. Mas, quando ele abaixou as mãos, vi que estava rindo, a água escorrendo por sua cabeça e pelo rosto, os braços agora se erguendo em direção ao céu.

"Talvez os deuses estejam ouvindo", ele falou com voz rouca. E estendeu os braços para nós, envolvendo nossos ombros e nos puxando para perto, unindo as cabeças sobre Amil como se formássemos uma tenda humana. Papai nos amava. Eu sabia que me lembraria disso para sempre, que guardaria isso na lembrança como havia guardado na bolsa o pilão de Kazi, a terra e suas joias, mamãe.

Peguei um jarro e bebi água. Era como respirar depois de ter sufocado. Papai afastou o jarro de minha boca. Estava zangado comigo? Eu estava sendo egoísta?

"Devagar, ou vai acabar vomitando."

Assenti aliviada. Dadi bebeu um pouco.

Papai olhou para Amil. Ele o reclinou contra dadi, tomou seu pulso e o sacudiu com força.

"Acorde, Amil", disse.

Amil abriu e fechou os olhos, mas deu um sorrisinho.

Dadi e eu nos olhamos.

"Papai", disse Amil com voz rouca, finalmente abrindo os olhos e puxando um braço de papai.

"Sim", papai respondeu seriamente.

"Estamos mortos?", ele perguntou sorrindo.

"Seu diabinho", papai falou, dando um tapinha de leve nele enquanto aproximava o jarro de sua boca.

Uma piada. Amil tinha feito uma piada. A alegria era quase demais. Eu me abaixei e beijei seu rosto. Acho que vamos sobreviver, mamãe. Depois que bebemos água, descansamos um pouco e bebemos mais água da chuva, eu comecei a tremer e olhei para Amil. Ele estava acordado, mas tremia. Papai também parecia estar com frio.

"Temos que procurar abrigo", papai disse. "Quando fui ao vilarejo, vi um bom lugar, uma velha cabana. Não é longe, uns oitocentos metros, talvez."

Papai tinha encontrado um punhado de pistaches no fundo de sua bolsa, e comemos três cada um. Os pistaches explodiram em minha boca com aquele sabor doce e carnudo, me fazendo lembrar de como eu estava faminta.

Ajudamos Amil a se levantar. Dadi e papai passaram os braços ao redor dele e o ampararam na caminhada. Eles andavam atrás de mim. Eu não gostava de ser a líder da nossa caravana, mas papai disse que era mais seguro do que eu ir atrás. Tive que carregar os dois jarros de água, a bolsa de Amil, minha bolsa e nossas esteiras. Ajeitei tudo nas costas, e meu corpo sofreu embaixo de tanto peso. Papai carregou as coisas dele e as de dadi. Encontramos outras pessoas no caminho novamente, todo mundo molhado e pesado de chuva. Olhei para meus pés que, de alguma forma, conseguiam dar um passo depois do outro e prometi a mim mesma que não olharia para mais nada até chegarmos. Tivemos que parar algumas vezes para Amil descansar.

"Não consigo, papai", falou Amil na terceira vez que sentou na lama. Ele parecia muito indefeso, com a água escorrendo da cabeça, os olhos muito abertos e fundos. Senti que a raiva começava a voltar. Se Gandhiji andava conosco, ele poderia me dizer por que fomos todos jogados no mundo como um bando de bodes famintos? Talvez fosse isso que as pessoas no poder realmente pensavam de nós, o povo da Índia, quando tomaram essa decisão. Eu me pergunto de novo o que isso tem a ver com independência.

"Você consegue", papai disse a Amil com sua voz calma de médico, que eu nunca o tinha visto usar com meu irmão, e estendeu a mão para ele. "Só mais alguns minutos."

Esperamos, e Amil mais uma vez se levantou e apoiou os braços sobre os ombros de papai e dadi. Fomos cambaleando ensopados pelo caminho, com muitas outras famílias. Agora havia água demais. Como as coisas podem mudar depressa. Através da chuva pesada, eu conseguia ver as casinhas do vilarejo lá na frente. Papai disse para eu virar à esquerda. Havia uma cabana de madeira bem velha, mas não conseguimos encontrar a entrada. Quando a contornamos, já havia pelo menos três outras famílias espremidas em um único cômodo, sentadas no chão. Pelas roupas e pelos chapéus que os homens usavam, deduzi que eram famílias muçulmanas. A porta havia sido arrombada. Fiquei para trás com dadi, e papai se aproximou com Amil para espiar lá dentro.

Olhei para Amil a minha frente, apoiado no papai. Seu corpo tremia violentamente. A mão de dadi tremia na minha, mas não tanto quanto a de Amil. Eu também tremia um pouco, mas ainda me sentia melhor que hoje de manhã. O ar era quente, mesmo na chuva, mas a chuva tinha encharcado Amil. Papai entrou na minha frente.

"Precisamos de abrigo. Meu filho vai morrer se não se aquecer", ele disse sem rodeios às pessoas, tão direto como se comentasse as condições climáticas. Ninguém falou nada. Eu ouvia a chuva caindo no telhado de metal. Um homem levantou a cabeça e encarou papai. Todo mundo observava os dois homens, que se olhavam muito sérios. Pensei no que acontecia nos trens. Pensei no que papai havia dito sobre todo mundo estar matando todo mundo. Hindus, muçulmanos, sikhs.

"Eu imploro a vocês. Somos pacíficos", papai insistiu, rompendo o silêncio. A voz dele falhou. O homem assentiu e acenou com o queixo para um lado do cômodo. Houve uma movimentação coletiva quando abriram espaço para nós. Eu mantinha os olhos baixos.

Sentamos de pernas cruzadas no chão, encolhidos perto da parede. Amil sentou-se no colo de papai, e papai o envolveu com os braços como se ele fosse pequeno. Dadi e eu ficamos na frente deles. Eu estava mais perto da parede, e dadi estava encostada em meu braço molhado. Depois de alguns minutos, comecei a sentir o calor dos corpos. Levantei um pouco a cabeça, mas Amil ainda tremia. Os minutos se transformaram em horas, e Amil parou de tremer.

A chuva parou de repente, e o sol começou a brilhar entre as nuvens como se elas não tivessem despejado baldes de água minutos atrás. Meu coração se animou, e fiquei feliz pelo mesmo sol que quase havia me matado. Começamos todos a sair da cabana. Ninguém falava. As famílias muçulmanas recolhiam suas coisas. Nós pegamos as nossas. Papai uniu as mãos e se curvou respeitoso para o homem. O homem respondeu acenando com a cabeça, e nós seguimos nosso caminho, enquanto eles iam na direção oposta.

Durante a caminhada, bebemos mais alguns longos goles de água, carregando os jarros pesados cheios pela chuva. Amil parecia um pouco mais firme, e nos juntamos à crescente massa de pessoas a caminho da fronteira, ainda a muitos quilômetros de distância. Pensei em como ela seria. Uma linha de verdade, um muro, guardas? Eu nunca tinha visto uma fronteira entre dois países. O sol era quente em minhas costas, como uma grande mão. Siga em frente, Nisha, ele dizia. Era você, não era, mamãe?

Depois de algum tempo, encontramos outra área de vegetação rasteira e pedras para montar acampamento. Muitas outras famílias faziam a mesma coisa. Às vezes eu me perguntava por que não falávamos com ninguém. Normalmente, grupos desse tamanho transbordavam sons, conversas, risadas, discussões, pessoas chamando outras pelo nome, como o mercado em um dia normal. Estávamos mudados para sempre?

Papai disse que devíamos parar cedo hoje, enquanto o sol estava alto, e nos pediu para espalharmos nossas coisas para secar. Amil descansou no chão, encostado em uma árvore de tronco estreito. Dadi estendeu nossas esteiras e o mosquiteiro. Eu abri a bolsa e desembrulhei meu diário com as mãos trêmulas, ávidas. O xale estava molhado, mas a capa do diário estava apenas úmida. Um suspiro se espalhou por meu peito para cada braço e cada perna, até a ponta dos dedos, até embaixo das unhas sujas. Pus a bolsa com as joias, a terra e o pilão no xale com meu diário sobre meu salwar kameez extra e as roupas de baixo. Não me incomodava mais em esconder nada, e papai nem olhou para as minhas coisas.

Ele começou a reunir galhos secos para acender uma fogueira e eu o ajudei. Só encontramos gravetos finos sob os arbustos, coisas que não queimariam por muito tempo, mas achamos muitos, e dois galhos mais grossos na parte mais baixa de um arbusto que parecia estar seco. Ele pegou as lentilhas e o arroz de sua bolsa e olhou para dadi.

"Quanto devo pôr na panela?"

"Papai", falei antes que ela pudesse responder, "eu faço isso". Tinha visto Kazi cozinhar lentilhas muitas vezes. Embora não tivéssemos temperos e precisássemos cozinhar as lentilhas e o arroz juntos, coisa que Kazi nunca fazia em casa, porque isso deixaria o arroz empapado, eu queria ver a água ferver. Precisava sentir o cheiro doce do vapor.

Papai assentiu, e seus lábios se distenderam num sorriso rápido. Peguei as bolsas úmidas das mãos dele e despejei metade das lentilhas e metade do arroz em uma panela. Minhas mãos ainda tremiam, mas o buraco no estômago me fazia seguir em frente. Vi que Amil me observava. Depois dadi. Eles me olhavam em silêncio como se eu fizesse magia. Despejei um pouco de água na panela, só o suficiente para cobrir a mistura. Poderia acrescentar mais, se fosse necessário. Papai mantinha os fósforos na maleta de couro onde levava seus instrumentos de médico, por isso eles estavam secos. Os gravetos, ainda úmidos, não pegavam fogo. Começamos a procurar outros, os que estavam sob as árvores, e deixamos os úmidos no sol com algumas folhas secas. Teríamos que esperar.

Depois de algum tempo, tentamos acender o fogo novamente. Mas ainda estava tudo muito úmido. Eu queria esmurrar o chão. Queria gritar. Nunca havia gritado, não que eu lembrasse, pelo menos. Talvez quando era bebê. Ouvi Amil gritar muitas vezes. Ele gritava de alegria, correndo encosta abaixo e passando pela horta. Gritava de raiva quando brigávamos. Tinha gritado até com papai quando ele disse que, se ele não melhorasse na escola, tomaria dele todo o material de desenho, e papai havia dado um tapa em seu rosto. Amil nunca mais gritou com ele. Sempre tive medo de desmoronar em milhões de pedaços, se gritasse. Mas, ao ver outro palito de fósforo apagar embaixo da madeira molhada, senti a onda de energia subindo pela garganta. Consegui me imaginar gritando.

Mexi o conteúdo da panela que havia deixado no sol e pus na boca uma colherada de lentilhas e arroz crus. Era como mastigar pedrinhas. Passei a panela para Dadi, que a passou para Amil, e depois se serviu de uma colherada. Papai estava mexendo na pilha de gravetos e riscando um fósforo. A água nem havia amolecido a comida, mas ainda era bom ter alguma coisa na boca. Continuei mastigando devagar e, depois de um tempo, engoli tudo. Peguei outra colherada e ouvi papai gritar.

"Consegui!", ele disse quando pequenas nuvens de fumaça flutuavam no ar e uma chama baixa começou a desabrochar no monte de gravetos e folhas. Corri para lá com a panela e a segurei sobre as chamas. O fogo estalou e as labaredas ameaçaram morrer, mas se mantiveram acesas. Olhamos para a panela de arroz e lentilhas como se fosse a coisa mais interessante que já tínhamos visto. Depois de alguns minutos, pequenas bolhas surgiram na água. Dadi aplaudiu como uma menininha. Papai disse: "Rá!", e Amil conseguiu emitir um som festivo. Eu só segurava a panela tão firme quanto podia sobre o centro do fogo.

Depois de vinte minutos, o arroz tinha crescido e absorvido água. Mexi a mistura. O fogo agora era forte, e papai acrescentava pequenos galhos que haviam secado ao sol. Finalmente, nos ajoelhamos reunidos em torno do fogo e fomos passando a panela, levando o arroz com lentilhas à boca, sorrindo ao sentir o sabor quase salgado da mistura macia. Eu jamais teria imaginado isso, todos nós ali, ombro a ombro, alegres e sorrindo. Papai passou os braços em torno dos meus ombros e dos de Amil novamente. O sol descia no horizonte e explodia em tons de laranja e azul. Engoli outro bocado de comida e senti o braço forte de papai nos meus ombros. Mamãe, é muito estranho. No fim do dia em que quase morremos, eu me sentia feliz como não me lembrava de ter sentido antes.

              Com amor, Nisha

### 25 de agosto de 1947

Querida mamãe,

Não falta muito. Temos jarros cheios quase até a boca e hoje não choveu.

Papai disse que só falta um dia para chegarmos à casa de tio Rashid, sua casa, mamãe. Você e tio Rashid brincavam lá juntos, como eu e Amil? Subiam em árvores e faziam desenhos na areia com gravetos, jogavam pedras nas poças de água da chuva? Acho que dadi disse alguma coisa sobre tio Rashid ser seu irmão mais novo. Se fosse viva, você teria trinta e cinco anos. Queria saber quantos anos tem o tio Rashid, mas fiquei com medo de perguntar. Só sei que ele é mais novo.

Nossas coisas secaram ao sol. Não fomos atacados por pessoas, cobras, raposas do deserto ou escorpiões, então acho que vamos conseguir. Mas não durmo bem à noite, minha cabeça fica pesada e tonta. O chão é duro embaixo da esteira. Tenho areia nas orelhas e no cabelo. Ouço o zumbido de insetos, a voz de um jaguar ou lobo, e às vezes a de uma pessoa, um homem ou mulher dizendo um nome ou gritando com os filhos. Às vezes ouço choro. Normalmente, encontramos um lugar afastado dos outros, embora seja só areia e terra até onde a vista pode alcançar. Conforme a jornada continua, vemos mais e mais gente andando nos dois sentidos. Todos nós dormimos juntos e perto do fogo. Papai fica acordado na maior parte da noite, sempre alerta. Às vezes me pergunto se ele dorme em algum momento.

Levantei cedo e acendi uma pequena fogueira sozinha. Papai havia deixado uma pilha de gravetos sobre a fogueira antiga na noite anterior. Fervi mais arroz e lentilhas, e o cheiro me despertou e me fez sentir mais normal. Tínhamos comida para mais duas refeições, mas seria o suficiente. Já consigo sentir os ossos da minha bacia mais salientes quando me deito. Foram só alguns dias, mas eu era um pouco magra antes, não tanto quanto Amil, mas ainda meio ossuda. Em casa, sempre tínhamos o suficiente para comer, mas papai não gosta de nada em excesso, comida, mobília, gente. Lembro de olhar para Sabeen, para suas bochechas e lábios rosados e cheios. A mãe dela, com a barriga redonda e o sorriso fácil. Sentia inveja quando as via juntas. Elas passavam a maior parte do tempo conversando e rindo. Talvez um dia, depois de tudo isso, depois de encontrarmos uma nova vida, uma nova casa, um lugar com muita água e comida, eu possa crescer e ter bochechas rosadas e uma barriga macia e redonda. Talvez possa andar, conversar e rir com uma filha minha.

A água vai durar mais dois dias se formos cuidadosos e ninguém a derrubar. Papai tem sido muito gentil com Amil desde que ele ficou doente, mas derrubar água de novo pode mudar isso. Quando estamos doentes, temos o papai que todo mundo conhece, o médico calmo, gentil, que faz você sentir que tudo vai ficar bem.

Enquanto eu mexia a comida na panela e o sol se erguia, Amil bateu no meu ombro. Dei um pulo.

"Desculpe", ele sussurrou.

Sorri e dei de ombros. Ele estava mais corado. Dava para ver até com pouca luz, e seus olhos brilhavam de novo. Amil estava de volta.

"Você ficou muito doente", murmurei.

"Eu sei", ele respondeu.

"Quase achei que..." Mas antes que eu pudesse dizer alguma coisa, ele cobriu minha boca com a mão.

"Fique quieta. Não diga isso."

Ele estava certo. Prometi a mim mesma que nunca mais falaria sobre Amil quase ter morrido. Afastei a mão dele. "Sua mão está nojenta", falei, alegre por poder atormentar meu irmão de novo.

"A sua também", ele respondeu, os olhos cheios de vida, um sorriso se espalhando pelo rosto. Ele segurou minha mão livre e a aproximou dos meus olhos. Olhei para ela e vi a sujeira que desenhava linhas na palma como se criasse um mapa.

Puxei a mão e tirei a panela do fogo. Papai sentou-se. Dadi ainda dormia. Normalmente, dadi era a primeira a levantar. Ela devia estar precisando do descanso extra. Como podia estar bem? Passamos a panela entre nós, comendo o café da manhã em colheradas, e mais uma vez não consegui acreditar como o arroz com lentilhas ainda meio duras e sem tempero era bom. Era como se eu tivesse uma língua nova.

Dadi sentou-se devagar e disse para comermos tudo.

"Não, mãe, você precisa comer", papai protestou, aproximando uma colher cheia de seus lábios.

"Cada um de nós comeu cinco colheres", disse Amil. "Você come o restante, dadi."

Fiquei surpresa por ele saber quanto havíamos comido. Eu não estava contando. Meu estômago estava quente, não era mais uma grande caverna vazia, mas não estava nem perto de cheio. Eu teria comido o conteúdo de duas panelas sozinha.

"Comam mais uma colherada cada um", ela disse em voz baixa. "Meu estômago hoje..." E tocou a barriga, os olhos voltados para o chão.

"Mãe", papai falou. "O que está dizendo?"

Ela acenou com a mão. Papai aproximou a colher de sua boca novamente, e ela balançou a cabeça, o olhar mais duro.

"Dê para eles primeiro", disse, olhando para mim e Amil. "Só quero a última colherada."

Papai hesitou. "Suresh", ela insistiu, e ele a obedeceu.

Pegamos nossas coisas e nos juntamos ao movimento cada vez maior de pessoas andando nas duas direções, separadas por uma grande depressão de cerca de quinze metros no meio da estrada. Retomei o padrão dos meus passos. Gostava de ouvir o ritmo. Dadi andava ao meu lado, e papai ia na frente com Amil. Hoje dadi estava ainda mais lenta.

"Está se sentindo bem, dadi?", perguntei. Virei e vi minha avó com as costas um pouco mais encurvadas no sári sujo. O cabelo grisalho havia caído do coque em mechas em torno do rosto sem vida. Ela olhou para mim sem realmente olhar nos meus olhos e assentiu uma vez. Segurei a mão dela. Ela a afagou, e eu retribuí.

"Tio Rashid é um bom homem?", perguntei, surpreendendo a mim mesma. As palavras começavam a sair da minha boca com um pouco mais de facilidade. Éramos diferentes aqui nesse caminho no qual nossos pés duros e rachados batiam na terra dura e rachada. Nada importava aqui. Nada era real. Não tínhamos vizinhos. Não tínhamos um lar. Era um período entre duas vidas.

"Bom?", dadi repetiu, e olhou para mim piscando um pouco. Depois balançou a cabeça sem dizer sim ou não. "Veremos, veremos", disse, e afagou minha mão de novo.

Com amor, Nisha

• • • •     *26 de agosto de 1947*

Querida mamãe,

Todas as noites, exceto no dia realmente ruim, sento ao lado do fogo e escrevo. Quanto mais escrevo, mais nítida você fica. Estou feliz por ter trazido três lápis. Papai me ajuda a apontá-los com sua faca e não faz perguntas sobre o que escrevo. Só me deixa escrever. Penso no que ele diria se soubesse que estou escrevendo para você.

   Às vezes escuto você falando comigo. Sua voz é doce, baixa. "Nisha, só mais um passo", você diz. E eu continuo. Quando estávamos com muita sede, você me disse: "Finja que o ar é água. Beba". Eu bebi. Mamãe, eu nunca vou dizer isso a ninguém, mas, se morrêssemos, poderíamos encontrar você? Mas nem sei se morrer me traria isso, então continuei andando. Eu não ouviria sua voz em minha cabeça se você não quisesse me ver seguir em frente, certo?

   Agora eu vejo você andando conosco, uma echarpe vermelha e dourada flutuando ao vento atrás de você, igual a que vi pendurada no closet de papai, a que ele guardou durante todos esses anos, a que ainda está no closet esperando para ser usada por desconhecidos. Você é a pessoa mais bonita aqui, neste caminho triste e seco. É como se fôssemos todos cor de poeira e você tivesse tons de dourado, marrom, vermelho e roxo com olhos delineados de preto e lábios vermelhos e brilhantes. Você brilha. Eu vejo o reflexo de seus brincos dourados. Ouço o tilintar de suas pulseiras. Você está aqui e eu a sigo, mamãe. Você vai nos levar à casa de tio Rashid e vai nos levar para a nossa nova casa.

Está feliz por estarmos a caminho da casa de tio Rashid? Será que ele está feliz por estarmos indo para lá? Por que ele nunca tentou nos conhecer? É porque o papai nos disse que somos hindus, e não muçulmanos e hindus depois que você morreu? Dá para ser os dois? Às vezes não me sinto nada, nem hindu, nem muçulmana. Esse é um sentimento ruim? Papai me disse que Gandhiji acredita que somos tudo, de qualquer maneira. Acho que isso faz mais sentido para mim. Se todo mundo se sentisse assim, teríamos ficado em nossa casa, em um país inteiro, seguros e realmente livres. Quero saber o que tio Rashid pensa sobre nós, mamãe. De algum jeito, me conte logo.

Dadi agora está muito cansada. Ela está deitada ao lado do fogo, dormindo antes de todo mundo. Bebe água, mas não come nada. Amil perguntou ao papai se ela está doente, e prestei atenção para ouvir a resposta.

"Ela é mais velha. A viagem é muito difícil para ela", papai respondeu daquele jeito dele, sem responder nada. Depois virou e continuou removendo areia de sua bolsa. Ele examina dadi com frequência, sua pulsação, os olhos, belisca a pele. Ela o afasta com gestos, mas não chupa os dentes. Não canta e não reza. É tanto silêncio que quase não consigo aguentar. Amil não fala muito ultimamente. Não ouço muita conversa de ninguém andando a nossa volta. Preciso de outras vozes. Elas me preenchem. É como se estivéssemos todos embaixo d'água, prendendo a respiração até podermos voltar à superfície. Se formos barulhentos demais, podemos todos nos afogar.

Mas escuto o azan da mesma forma que o escutávamos todos os dias em Mirpur Khas quando os muçulmanos paravam e oravam. Em Mirpur Khas, eu não pensava nisso. Fazia parte dos sons do dia. O chamado se espalhava pelo vilarejo a partir dos alto-falantes da mesquita, e nós ouvíamos através da janela. Kazi parava o que estava fazendo e pegava o tapete de oração que deixava enrolado em um canto da cozinha. Ele se lavava, estendia o tapete ao lado da janela e se abaixava, se ajoelhava e encostava a testa no chão, e se levantava de novo enquanto dizia suas preces.

Sabíamos que nunca devíamos interromper Kazi quando ele estava orando. Às vezes eu pensava em você, mamãe. Você rezava cinco vezes por dia? Nunca vi papai rezar ou cantar. Ele diz que tudo o que precisamos fazer é estar aqui e agora. Será que isso é verdade? Quando chegamos mais perto da fronteira, vejo mais e mais muçulmanos no caminho em sentido oposto, saindo da Índia, procurando novos lares. Alguém entoa o azan, eles param para rezar e as pessoas do nosso lado continuam andando. Isso me faz pensar em Kazi e fico triste, então não olho. Só ando, meus olhos fixos nas costas da pessoa a minha frente.

Hoje, porém, sabe o que eu fiz? Quando ouvi o azan, fiz uma prece mentalmente. Orei combinando o que ouvia Kazi e dadi falarem. Não sei se serviu para alguma coisa, porque eu não sabia as palavras certas e não me ajoelhei, mas achei que não faria mal. Nunca contaria isso a ninguém. As pessoas podem se zangar por eu ter misturado tudo e não ter tratado a situação da maneira apropriada. Mas alguém tem que rezar pela dadi. Você teria rezado por ela, não é, mamãe?

Com amor, Nisha

*. .*. *27 de agosto de 1947*

Querida mamãe,

Hoje papai nos disse que essa é a última noite antes de chegarmos à casa de tio Rashid. Depois que comemos mangas, ele nos deu pedaços de kaju katli. Virei várias vezes o doce em forma de diamante em minhas mãos imundas. Por que ele havia escondido isso de nós? Senti vontade de jogar o doce nele. O que mais ele escondia? Mas fiquei com a boca cheia d'água quando pensei em morder o doce, saborear o segundo de felicidade que ele me daria. Então o enfiei na boca e mantive lá, deixando que se dissolvesse na língua. Vi Amil comer o dele. Ele o roía como um ratinho. Nossos olhares se encontraram enquanto mastigávamos. Não sorríamos e não falávamos. Ele estava pensando a mesma coisa sobre papai?
 A viagem até a casa de tio Rashid demoraria um dia a mais por causa da dadi, que precisava ir mais devagar. Papai, Amil e eu nos revezávamos para ajudá-la a andar, e ela se apoiava em nós passando o braço magro sobre nossos ombros. Seus ossos não eram mais pesados que os de um pássaro.

Ela finalmente comeu um pouco de manga e bebia água, mas precisava descansar com frequência. Ou chegamos à casa de tio Rashid ou não chegamos. Dadi vai melhorar ou não vai. Vamos chegar a nossa nova casa. Ou não vamos.

Com amor, Nisha

*. ·* *30 de agosto de 1947*

Querida mamãe,

Peço desculpas por não ter conseguido escrever nas duas últimas noites, mas agora posso, e estou deitada em uma cama de verdade. Mamãe, por que papai não contou para nós sobre tio Rashid? Tudo faz mais sentido agora, mas também é tudo mais confuso.

    Escurecia quando finalmente nos aproximamos de onde papai disse que tio Rashid morava. Ele disse que estávamos a vários quilômetros da cidade de Umerkot. Passamos por um vilarejo e atravessamos terras agrícolas secas. Depois de vários minutos sob a luz do crepúsculo, consegui ver um aglomerado de casas bem grandes, todas brancas. Papai virou para nós e disse: "Aquela é a casa em que sua mãe cresceu". Amil e eu nos olhamos. Mesmo sabendo antes, estar realmente na frente de sua casa era como perder o ar. Eu mal conseguia respirar. Papai disse que devíamos nos sentar atrás de uns arbustos e esperar escurecer, depois ele iria falar com tio Rashid e verificar se estávamos em segurança. Ele disse que não queria que ninguém nos visse entrando na casa.

"Se alguém se aproximar de vocês", ele sussurrou, olhando diretamente para Amil, "digam que sua avó precisa descansar. Não digam mais nem menos que isso. Mas não acredito que serão notados no escuro. Muitas dessas casas agora estão vazias."

Amil assentiu.

"Quando eu assobiar uma vez", papai continuou, "vocês saem depressa e em silêncio e correm para aquela casa ali." Ele apontou uma construção no meio do aglomerado. "Não falem e não tirem a bagagem das costas. Fiquem preparados para correr a qualquer momento."

Amil e eu nos entreolhamos.

"Entenderam?", papai quis saber.

"Sim, papai", sussurramos em resposta.

Esperamos até o cair da noite, até que papai se dirigiu à porta. Havia uma lua cheia no céu sem nuvens. O ar cheirava a madeira queimada. Vi papai bater na porta, e o som das batidas se dispersou na noite, seguido pelo rangido da porta se abrindo. Ouvi o murmúrio de vozes e então a porta se fechou. Ficamos sentados segurando nossas coisas. Dadi estava encostada nas coisas dela, apoiando a cabeça erguida. Eu olhava para a porta. Uma parte de mim esperava que você estivesse lá dentro. Será que você podia ter passado todo esse tempo escondida ali?

Amil começou a brincar com o couro fino e gasto de suas sandálias. Eu o cutuquei com o cotovelo e apontei para além dos arbustos, querendo mantê-lo focado na tarefa. Esperamos e esperamos. Ouvi um ruído e meu corpo paralisou, mas, quando virei, não tinha nada lá.

"Ouviu alguma coisa?", cochichei para Amil.

"Ouvi", ele respondeu. Esperamos de novo bem quietos. O ruído ficou mais alto.

"Temos que sair daqui", murmurou Amil. "Agora."

Ajudamos dadi a levantar e nos afastamos dos arbustos, tomando a direção de uma estrada de terra que víamos delineada pela luz da lua.

"Não devíamos ir muito longe", sussurrou dadi. Nós dois a segurávamos pelo braço, ajudando-a a andar mais depressa. O ruído anterior era de passos, que agora se aproximavam mais e mais.

Alguém segurou meu ombro. Eu gritei. O som brotou de mim dolorosamente como sangue. A pessoa, um homem, percebi pelo tamanho da mão, cobriu minha boca e segurou uma faca contra minha garganta. O metal era estranhamente liso e morno. Dadi começou a gritar.

"Você matou minha família", ele falou no meu ouvido por entre os dentes cerrados.

Eu não conseguia vê-lo, só ouvia, sentia o cheiro de suor velho, sujeira e mau hálito. Ouvia minha respiração ecoando nos ouvidos. A faca pressionou minha pele com mais força. Dadi caiu no chão de joelhos, a cabeça inclinada. Eu não estava com medo, só paralisada, e tinha a sensação de que flutuava para o alto, em direção ao céu.

"Por favor, não matamos ninguém", repetia Amil aos gritos, projetando respingos de saliva. Dadi continuava encurvada aos pés dele, rezando. Eu estava imóvel, tentando afastar o pescoço da lâmina. Pensei que talvez tivesse parado de respirar, mas continuava em pé. A mão do homem tremia.

"Meus filhos, minha esposa. Todos se foram", ele disse com a voz entrecortada. "Você os matou. Vocês todos os mataram. Eles só estavam tentando pegar água, e vocês os mataram."

"Não, senhor, por favor. Estamos só andando para a fronteira. Minha avó precisava descansar. Não fizemos nada com sua família." Amil falou tão alto quando podia. "Podemos lhe dar comida, água, tudo que quiser."

Foi então que ouvi o rangido e o assobio do papai.

Ficamos todos em silêncio. Ele assobiou de novo. O homem pressionou com mais força o lado plano da lâmina contra meu pescoço.

"Eu imploro. Ela é uma criança inocente." Dadi falou alto, unindo as mãos.

O homem tremeu, e a faca vibrou em minha pele. "Minha família está morta e ninguém é inocente."

"Meu pai e meu tio estão vindo", avisou Amil com um tom mais baixo. "Eles estão armados."

Ouvi passos saindo da casa.

"Solte-a." A voz de meu pai era tão forte e poderosa que tive dúvida de que era mesmo papai.

"Ele tem uma arma", falou Amil de novo, e eu desejei que tivesse, mesmo.

As mãos do homem tremiam tanto que ele derrubou a faca e me soltou. Corri para o papai segurando o pescoço. Amil e dadi também se aproximaram do papai. Não tinha tio nenhum.

"Não me importo se atirar em mim. Acabe com meu sofrimento, eu imploro", disse o homem, caindo de joelhos. Finalmente olhei para ele. Era um homem pequeno, com tornozelos finos como os de Amil. Seu cabelo estava grudado com terra e sujeira. Vi sangue seco na manga de sua kurta. "Hindus mataram minha família", ele soluçou nas mãos, o rosto pressionado contra a sujeira nelas. "Cortaram a garganta de todos diante dos meus olhos. Eu escapei, mas devia tê-los deixado me matar também." O homem usava uma touca, por isso soube que ele era muçulmano, mas como ele sabia que éramos hindus? Quando estávamos em Mirpur Khas, era mais fácil dizer quem era quem, mas aqui parecíamos todos iguais com nossas roupas sujas. Alguns homens muçulmanos haviam perdido as toucas. Muitas pessoas só enrolavam na cabeça o que conseguiam encontrar para se proteger do sol. Nós nos agarramos ao papai. Eu ainda estava atordoada, não chorava nem sentia raiva. Era estranho, mamãe.

Papai nos afastou com gentileza e se aproximou do homem.

"Não faça isso!", bradou dadi. "Ele é perigoso." Papai não ouviu e continuou se aproximando com cuidado. Ele pegou a faca e a touca que haviam caído. Pôs a mão no ombro do desconhecido e ofereceu os objetos de volta. Assustado, o homem levantou a cabeça.

"Olho por olho, e o mundo acabará cego", papai falou.

O homem se levantou devagar e limpou a terra das roupas. Manteve a cabeça baixa ao pegar sua touca e a faca. Depois se virou e correu para a escuridão. Papai havia dito essas palavras antes. Eram as palavras de Gandhiji. Agora eu entendia o que significavam. Uma família hindu mata uma família muçulmana, que mata uma família hindu, que mata uma família muçulmana. Isso nunca acabaria, a menos que alguém fizesse isso parar. Mas quem faria isso?

Todos nós andamos para a frente, tentando ver o caminho à luz da lua. Tropeçamos algumas vezes. Amil e papai amparavam dadi. Nem sei o que me fazia seguir em frente. Lembro-me de ter passado pela porta. Assim que entrei, não consegui enxergar mais nada, as lágrimas, o tremor terrível, todo o medo vindo à tona. Não conseguia respirar direito e a sala girava. Papai me disse para pôr a cabeça entre os joelhos. Isso é tudo que lembro.

Com amor, Nisha

• *31 de agosto de 1947*

Querida mamãe,

Quando acordei, estava deitada em uma cama, uma cama de verdade, com um cobertor estampado. Por um momento, pensei que estávamos de volta em casa. Amil e papai estavam ao meu lado. Era estranho estar em um lugar fechado. Então me lembrei de que essa era sua casa, mamãe! Também havia outra pessoa olhando para mim, um homem parado ao lado da porta. Olhei para ele. Não era muito alto. Usava uma touca na cabeça e uma kurta marrom. Ele se vestia como Kazi. Mas seu rosto não tinha nenhuma semelhança com o de Kazi. Havia alguma coisa errada. Ele era iluminado pela luz de duas velas sobre a mesa e eu não conseguia ver direito, mas seu lábio era erguido no centro, expondo a gengiva e alguns dentes tortos. O lábio parecia ser ligado à base do nariz.
 Em Mirpur Khas, um vendedor de frutas secas no mercado sempre usava uma echarpe sobre a boca e o nariz, e papai disse que era porque esse homem tinha uma fenda palatina. Ele me mostrou o que era

em seu livro de medicina. Algumas pessoas nascem com ela, papai falou, e muitas não podem pagar por uma cirurgia reparadora. Às vezes, os hospitais ajudam, se a pessoa não consegue comer ou engolir.

Também havia uma garota em minha escola, Mital. Ela não usava uma echarpe sobre o rosto. Seu lábio era erguido no centro e tocava o nariz. Ela nunca falava, como eu. Não sei se porque não conseguia, ou se não queria. Acho que conseguia comer, porque ela teria feito a cirurgia, se não comesse. Mas nunca a vi comendo. Tentava olhar para ela por mais de um segundo, mas sempre acabava desviando o olhar. Queria não me incomodar. Queria ser amiga dela, porque a menina não tinha nenhuma amiga. Eu só tinha Sabeen, que eu nem sabia se era minha amiga de verdade, porque eu nunca falava com ela. Mas era muito difícil olhar para Mital. Sinto muita vergonha quando penso nisso, e é por essa razão que não costumo pensar. Você tinha dificuldade para olhar para tio Rashid, mamãe? Era covarde, como eu? Tenho certeza de que não era.

"Esse é tio Rashid. Ele não fala, só escreve", papai explicou com sua voz de médico. Tio Rashid acenou para mim com a cabeça. "Consegue se levantar?", papai perguntou.

Comecei a me mover. Meu pescoço doeu e tudo voltou, as lembranças como água inundando um espaço vazio. Eu me lembrei do homem, da faca pressionada contra o meu pescoço, Amil gritando, papai chegando bem na hora, e nós todos vindo para cá. Levantei e olhei para o quarto arejado, com um tapete colorido no chão e uma cômoda entalhada parecida com a minha, e senti a dor da recordação. Tinha outra cama junto da parede do outro lado. Dadi estava lá dormindo, seu peito subindo e descendo devagar. Dominada pela curiosidade, comecei a andar, e papai me seguiu. Fui para o corredor e passei por outra porta aberta. Olhei além dela e vi um quarto semelhante, mas menor, com uma cama junto de uma parede e outra perto da parede oposta. Olhei o interior do terceiro quarto. Tinha uma cama grande, uma tapeçaria detalhada na parede, um tapete e uma cômoda. Também vi um cavalete no canto, e havia uma tela em branco nele. Achei que aquele devia ser o quarto de tio Rashid.

Atravessei uma porta em arco e cheguei a uma sala de estar com um sofá comprido, várias cadeiras de madeira, almofadas bordadas e uma mesa baixa no centro. Também havia pinturas nas paredes. Uma delas era de um oceano azul contra um céu ainda mais azul no primeiro quarto. Outro quadro era de um vaso de flores. Também vi a pintura de uma bela mulher sentada de pernas cruzadas na grama, embaixo de uma árvore. Era você, mamãe. Eu sei.

Na sala de jantar havia uma mesa com seis cadeiras e um armário de porcelana com portas de vidro. Um vaso de porcelana com flores roxas e cor-de-rosa enfeitava o centro da mesa, como na pintura. Era um lugar lindo.

Virei, certa de que papai estava bem atrás de mim, e me vi diante do rosto de tio Rashid. Foi quando notei os olhos dele. Eram exatamente como os seus no retrato, ainda mais parecidos que os de Amil. Talvez haja um motivo para tudo isso. Sei que esse é um pensamento terrível, mas se não tivéssemos sido obrigados a partir, nunca teríamos vindo para cá e nunca teríamos tido uma chance de ver os olhos de tio Rashid, seus olhos, vivos. Desviei o olhar rapidamente.

"Pode se lavar ali." Papai apontou para uma porta no fundo da cozinha. Lavei as mãos, o rosto e o pescoço na pia de metal. Mais tarde teria que tomar um banho para remover as camadas de sujeira, mas era muito bom ver a pele das minhas mãos livre daquela cobertura de imundície.

"Como se sente?", papai perguntou depois que me lavei.

"Bem", respondi em voz baixa e áspera.

Vi mais uma pintura na cozinha. Era do tio Rashid, do rosto dele. Cheguei mais perto e estudei a tela, a boca com a curvatura estranha, como se uma corda invisível puxasse o meio do lábio superior e exibisse a gengiva rosada, os dentes tortos, um quase em cima do outro, o nariz chato. Era mais fácil olhar para o retrato do que para o verdadeiro tio Rashid. Não acredito que ele pinta. Você ensinou para ele, ou ele ensinou para você?

"Nisha, venha", papai chamou com tom severo. Eu dei um pulo e, assustada, me afastei da pintura. Segui o papai em direção ao fundo da casa para ver a dadi, cujo rosto pálido estava voltado para o teto. Sua respiração era fraca.

Papai se inclinou para dadi e tocou seu braço.

Ela abriu os olhos e assentiu. Depois fechou os olhos de novo. Papai foi para a cozinha. Amil tinha ficado com dadi enquanto eu andava pela casa.

"Você está bem?", ele perguntou.

"Acho que sim", respondi.

"Eu pensei... pensei que ele ia matar você", falou Amil, e seu lábio inferior tremeu. Os olhos brilhavam com as lágrimas.

"Papai teria chegado", eu disse, tocando a mão dele e olhando rapidamente para dadi, tentando ser corajosa por Amil, depois de ele ter sido tão corajoso quando ficamos sem água. Mas também pensei que ele ia me matar. O homem poderia ter cortado minha garganta com facilidade, e eu teria morrido em um minuto. Papai não teria conseguido fazer nada. Havia algo nesse pensamento que me fazia sentir menos medo, não mais. Não sei por quê. Aquele era um homem muito triste e amedrontado. O jeito como as mãos dele tremiam. Por que mataram a família dele? Por que alguém faria isso? Pessoas que matam começam como eu, ou são um tipo diferente de humano?

"É estranho que tio Rashid more sozinho nessa casa grande. Viu os quadros?"

Amil balançou a cabeça para cima e para baixo e sorriu. "Acho que é por isso que sei desenhar." Seu rosto ficou sério de novo. "Acha que dadi vai morrer?"

"Não", cochichei com firmeza. "Não vê que ela só está cansada?" Mas eu também pensava nisso.

"Vou perguntar para o papai", decidiu Amil, e seus olhos brilharam interessados novamente. Segurei seu braço para detê-lo, mas ele escapou e caminhou na direção do papai e do tio Rashid. Fui atrás dele pelo longo corredor, pela sala de estar e de jantar, até a cozinha. Papai parou de falar e os dois olharam para Amil. Amil olhou para o tio Rashid com um daqueles seus sorrisos largos, abertos, e meu coração quase explodiu. Amil tinha aquele jeito de sorrir que faz as pessoas acreditarem que o mundo é um lugar bom, pelo menos naquele segundo. Eu agora me sinto diferente em relação a Amil. Não consigo explicar. É como se ele tivesse morrido e voltado à vida. Sempre gostei de seu sorriso, mas ele agora me faz muito feliz, como se fosse a primeira vez que o visse de verdade. O que eu faria sem Amil? Ele é minha voz. Ele faz as perguntas que não consigo fazer.

"Sim?", perguntou papai.

O sorriso de Amil desapareceu. "Dadi vai morrer?"

Os olhos de papai estavam cravados em Amil.

"Eu não vou deixar", ele disse, e saiu da cozinha para ir vê-la. Mas alguma coisa no tom tenso de sua voz fez meu estômago doer. Lembrei que papai era médico. Tinha poderes que as pessoas comuns não tinham. Você pensava isso dele, mamãe? Mas pensei em Amil. O que salvou Amil realmente foi a chuva, mas também foi o papai. Mesmo que não tivesse chovido, ele ainda providenciaria a água de que Amil precisava. O jeito como impediu o homem de nos machucar e como foi bondoso com ele depois. Papai pode ser a pessoa mais corajosa que conheço. Mas o que papai não sabe é que Amil é quase tão corajoso. Eu sou a covarde. O que fiz quando o homem me atacou? Fiquei paralisada. Foi Amil quem gritou e alertou papai. Foi Amil quem disse que eles estavam armados.

Tio Rashid acendeu o fogo no enorme fogão e pôs uma panela de lentilhas para cozinhar. Depois cortou uma cebola. O cheiro fez meu nariz arder. Cheguei um pouco mais perto. Amil também. Ficamos olhando enquanto ele fritava a cebola em uma panela grande e salpicava nela sementes de mostarda, alho, sal, cominho, açafrão e gengibre picado. Ele misturou os temperos por mais um minuto e os despejou na panela de lentilhas.

"Não tem um cozinheiro?", perguntou Amil ao tio Rashid. Eu sabia que a pergunta era rude, mas uma casa grande precisa de um cozinheiro, de um jardineiro e de alguém para cuidar do serviço doméstico. Tio Rashid não fazia tudo isso sozinho, fazia?

Ele levantou o olhar e deu de ombros, depois voltou a mexer as lentilhas. Ver tio Rashid mexendo a comida fumegante me fez lembrar de Kazi cozinhando em nossa cozinha, de dadi cuidando da casa, balançando em sua cadeira, de papai voltando do hospital, dando um beijo de boa-noite em nossa testa. Eu me lembrei de mim e de Amil dormindo com o gosto de doces na boca e pensando em coisas que haviam acontecido na escola naquele dia. Era tudo tão comum, entediante até, e agora parecia um conto de fadas. As lágrimas começaram a cair. Eu não consegui evitar. Cobri o rosto com as mãos para escondê-las.

"Nisha", Amil me chamou. "O que foi?"

Eu só balancei a cabeça.

"Tio Rashid, ela pode mexer as lentilhas?", perguntou Amil. Tio Rashid parou e virou para nós.

Eu me forcei a não baixar o olhar, e ele me ofereceu a colher.

Pisquei para me livrar das lágrimas, pus a colher na panela e me debrucei sobre a mistura quente e amarelada. Mexi para não deixar grudar no fundo. Meu corpo começou a relaxar e continuei mexendo. Amil me conhecia muito bem. Todo esse tempo eu pensei que ele só corria por nossa casa, tentando escapar das tarefas domésticas e dos deveres da escola para poder ir brincar no jardim ou desenhar. Mas agora vejo que ele me observa com atenção, que me conhece bem, que há uma essência dentro dele. Ficamos ali quietos por vários minutos antes de papai se aproximar. Ouvi quando ele parou de andar e senti que me observava. Quando o dal ficou pronto, eu o tirei de cima das chamas.

Tio Rashid abriu a porta da despensa e pegou um pouco de arroz de um recipiente de metal. Ele me deu o arroz, e acrescentei a quantidade certa para cinco pessoas. Olhei para o rosto dele. Dessa vez foi mais fácil ler as emoções. Eu me concentrei em seus olhos. Ele pegou um copo de metal e recolheu água de um grande jarro para despejar na panela. Depois me deu o copo, e eu adicionei a água. Foram quatro copos, e esperei a água começar a ferver. Kazi sempre fervia a água primeiro, e só então a juntava ao arroz, mas não falei nada. Tio Rashid não parecia ser um cozinheiro experiente. Ele cortava as cebolas de qualquer jeito e não picava o gengibre bem miudinho, como Kazi teria feito. Talvez tivesse um cozinheiro que não estava ali naquele momento, um cozinheiro hindu. Comecei a ficar tonta de fome. Era doloroso não levar várias colheradas à boca.

Quando ficou pronto, tio Rashid pegou cinco tigelas, e eu despejei dal e arroz em quatro, e só arroz na última. Ele desembrulhou quatro chapatis que estavam envoltos em um pano, os aqueceu no fogão e os deixou ao lado das vasilhas. Olhei para as tigelas cheias de arroz e dal dourado, com o chapati tostado acompanhando cada uma. Era o máximo de comida que eu tinha visto desde que saímos de casa. Fiquei pensando se ele tinha sempre refeições tão simples, mas nada tinha parecido tão perfeito para mim.

"Leve essa para dadi", papai me disse, entregando a tigela com arroz. Assenti e engoli a saliva que se acumulava em minha boca faminta, segurei a tigela quente entre as mãos e peguei uma grande porção de arroz. O som de cadeiras se movendo e de vasilhas sendo postas sobre a mesa me assustou quando passei ao outro cômodo. Ainda era estranho estar dentro de uma casa, sentada à mesa para comer.

Dadi estava de olhos fechados. Falei o nome dela e pedi para que ela comesse. Nada aconteceu. Pus o arroz embaixo do nariz dela e esperei. Depois de alguns segundos, ela abriu os olhos e inclinou um pouco a cabeça. Depois acenou, me mandando embora. Olhei para o rosto dela. Estava abatido e sem vida.

"Vou lhe dar comida", disse.

Ela ficou quieta, e eu peguei um pouco de arroz e pus em sua boca. Ela aceitou e mastigou o alimento. Fiz a mesma coisa mais algumas vezes. Depois ela levantou a mão para eu parar.

"Boa menina", sussurrou. Pus a mão sobre a dela e a mantive ali.

Depois de um minuto, deixei a vasilha com arroz ao lado dela e fui para o outro cômodo. Amil, papai e tio Rashid estavam me esperando para comer. Deve ter sido muito difícil para Amil e até para o papai fazer isso. Eu me sentei ao lado de Amil e na frente de papai. E comi. O arroz, o dal e os chapatis explodiam de sabor. Senti o gosto do ghee, de cada grão de arroz, cada partícula de cominho, a acidez do gengibre, do alho, da cebola. Era a melhor comida que eu já havia comido em minha vida.

Ninguém falava. Depois de vários bocados, olhei para papai e Amil pegando o alimento com seus chapatis, ambos apressados e ávidos. Quando terminamos, ainda havia o suficiente para todo mundo repetir.

Depois da refeição silenciosa, papai pôs a mão no ombro de tio Rashid.

"Nunca serei capaz de pagar por sua bondade conosco."

Tio Rashid assentiu e começou a limpar a mesa rapidamente.

Nós o ajudamos a lavar a louça e as panelas, depois pudemos tomar banho. Levei muito tempo para ficar limpa. Vi a água marrom escorrer pelo ralo e tive medo de acabar com ela. Não sabia que poderia ficar tão suja.

Amil e eu pedimos para dividir o quarto do meio. Papai dormiria com dadi para ficar de olho nela. Deitamos na cama e nos cobrimos com os mosquiteiros, nos sentindo limpos e renovados. Amil especulou se poderíamos nos esconder aqui até a guerra acabar e depois morar aqui para sempre. Eu esperava que sim, mais que tudo. Se alguma casa nova fazia sentido para mim, era essa. Kazi poderia vir morar conosco, em algum momento. Posso mandar esse desejo para você, mamãe? Essa é a cama em que você dormia? Mais uma coisa: por favor, cuide de dadi. Não posso perdê-la agora.

Com amor, Nisha

*1º de setembro de 1947*

Querida mamãe,

É um novo mês, e faz exatamente dezessete dias que o mundo mudou. Outra família já mora em nossa casa? Uma família mais feliz? Eles têm mais filhos, com mãe e pai? Não me permito pensar em nossa casa queimada ou em Kazi triste e solitário. Tento pensar em tudo vivo, na horta colorida e cheia de vegetais, melhor do que era quando estávamos lá. Penso em mais crianças correndo, quatro, dois meninos e duas meninas, a mãe chamando todos eles para jantar, vendo se estão com as unhas limpas, abraçando-os sem nenhum motivo. Vejo um pai voltando para casa cedo, surpreendendo todo mundo com doces do mercado, contando histórias heroicas do hospital todas as noites antes da hora de dormir. Penso na menina menor encontrando Dee, minha velha boneca, no armário. É a melhor surpresa da vida dela.

Com amor, Nisha

*2 de setembro de 1947*

Querida mamãe,

Papai diz que a casa de tio Rashid fica um pouco depois da metade do caminho para a fronteira. Ainda temos muitos quilômetros para percorrer. Quando pergunto ao papai quando vamos partir, ele diz que logo, mas quer dadi mais forte antes de irmos. Quero ficar, mas também estou começando a me sentir presa. Não podemos sair da casa. Não devíamos estar aqui, e não sei o que aconteceria se alguém nos encontrasse lá fora. Amil e eu ouvimos papai e dadi conversando sobre o que leram nos jornais. Sei que muita gente morreu quando andava ou nos trens nos dois sentidos. As revoltas e os assassinatos continuam acontecendo. Ainda não entendo. No mês passado éramos todos parte do mesmo país, todas essas pessoas e religiões diferentes vivendo juntas. Agora temos que nos separar e odiar uns aos outros. Papai odeia tio Rashid em segredo? Tio Rashid nos odeia em segredo? Onde Amil e eu nos encaixamos em meio a todo esse ódio? É possível odiar metade de uma pessoa?

Tio Rashid se move pela casa sem fazer barulho. Temo que esteja zangado, desejando que não estivéssemos aqui. Ele traz comida do mercado e água para nós. Ouvi papai pedir a ele para ir a dois mercados diferentes, para não parecer que mais pessoas moram aqui. Ele concordou. Depois papai tentou dar dinheiro, mas ele não aceitou. Espero que isso signifique que quer nos ajudar.

Amil e eu fazemos jogos de adivinhação, inventamos histórias e dançamos para nos ocupar. Nas histórias, sempre começo por uma menina ou um menino que está fugindo de alguma coisa, como um homem com uma faca, uma arma, ou uma grande tocha. Conto alguma coisa ruim que acontece com o personagem, e Amil fala alguma coisa boa. E eu falo alguma coisa ruim. Ou fazemos ao contrário. No fim, o personagem sempre morre. Tentamos tornar a morte pior a cada história. Quanto pior a morte, mais divertida achamos que é a história. Tentamos rir baixo, o que a torna ainda mais engraçada. Nunca teríamos inventado histórias assim antes, e nunca as teríamos achado divertidas. Amil diz que é porque agora nada é real. Entendo o que ele quer dizer.

As refeições são meu momento favorito, porque ajudo tio Rashid a cozinhar. Comecei na primeira noite, e ninguém me disse para parar. Fazemos coisas simples, dal, arroz, espinafre cozido com tomates, chapatis. Eu faço a maior parte. Ainda me pergunto se o tio Rashid sempre comeu desse jeito simples. Ele providencia as vasilhas certas e a quantidade correta de arroz, mas parece satisfeito por me deixar cozinhar. Faço as mesmas coisas que vi Kazi fazer durante toda a minha vida. Mas cozinhar com tio Rashid não é como cozinhar com Kazi. Ele não olha para mim e não pode falar comigo, então é silencioso. Quero fazer muitas perguntas sobre você, mamãe, mas tenho muito medo. Não poder fazer perguntas a ele me machuca de um jeito novo. É como se eu adoecesse com todas as palavras às quais me apego e não posso dizer. Quando papai conversa com o tio Rashid, ele escreve as respostas rapidamente e não parece se incomodar. Amil e dadi também falam com ele, de vez em quando.

Notei que havia algo familiar no tio Rashid, em seus movimentos, na cabeça baixa, na posição dos ombros. Mas não consegui identificar o que era. Depois notei como ele tirava uma vasilha da mesa e a envolvia cuidadosamente com seus dedos longos. Aquilo me fez lembrar de mim mesma. Então talvez ele seja parecido com você, mamãe, o que significa que você e eu somos parecidas. Quero dizer isso a ele, mas não consigo. Olhei a casa toda tentando encontrar alguns sinais seus, talvez uma joia ou um lenço, mas não sei nem o que estou procurando.

Como foi que fiquei desse jeito? Sou como tio Rashid, nasci com um defeito que me impede de falar, mas meu defeito não é visível. Ou a culpa é minha, talvez. Não sou forte o suficiente, só isso. Se formos embora, talvez eu nunca mais veja tio Rashid. Essa é minha única chance de descobrir mais sobre você, e não consigo dizer nem uma palavra para ele. Amil fala com tio Rashid, mas tio Rashid só balança a cabeça ou escreve uma ou duas palavras. Ele parece mais confortável com papai, mas talvez Amil não se importe de fazer algumas perguntas por mim.

Queria poder sair e brincar, assim minha cabeça não teria tanto tempo para pensar em coisas ruins. A coisa boa é que dadi parece ter se fortalecido um pouco com a comida e o repouso. Ela ainda dorme muito, mas passa o tempo acordada rezando e cantando baixinho suas músicas. Ela está comendo mais. Hoje ficou acordada com o papai depois do jantar na sala de estar. Amil e eu ficamos no sofá, e li para ele a seção dos escorpiões na enciclopédia. Tio Rashid ficou sentado à mesa da sala de jantar entalhando madeira. Aquilo me fez sentir como se morássemos todos nesta casa desde sempre e não houvesse nada de errado.

Quando tio Rashid volta para casa depois de um dia de trabalho na loja de móveis e da visita ao mercado, ele se senta à mesa e entalha. Está trabalhando em uma vasilha pequena e em um cavalo. Eu o observo discretamente. Talvez tio Rashid nos ensine a entalhar. Ele parece ter dedos mágicos. Faz todos os sulcos e saliências ficarem muito lisos, como se nem estivessem ali.

Com amor, Nisha

*∴* *3 de setembro de 1947*

Querida mamãe,

Eu vi uma coisa hoje. Era uma coisa normal de se ver, mas achei que podia estar sonhando. É isso que Amil quer dizer quando fala que as coisas não são reais. Uma pessoa normal pode parecer uma visão.
    Eu estava olhando pela janela. Tem uma casa a uns trinta metros daqui. A janela do nosso quarto dá para o quintal e o jardim da outra casa. Eu via uma folha seca girar e dançar ao vento e, de repente, ela apareceu. Por que não a vi antes? Fechei os olhos por um segundo, me perguntando se ela estaria ali quando eu os abrisse. Ela continuava lá, ainda mais nítida que antes, com uma trança preta e brilhante sobre as costas, apenas brincando, sem correr ou se esconder, apenas vivendo. Virei depressa para contar a Amil e o vi desenhando em uns anúncios de jornal que papai tinha dado para ele. Ele estava sentado de pernas cruzadas no chão, de costas para mim, debruçado sobre o desenho, e decidi continuar olhando sem dizer nada.

A menina arranjou gravetos no chão em círculos. Depois se levantou e jogou pedrinhas neles. Apertei os olhos para enxergá-la melhor. Ela virou, sorriu e moveu a boca como se falasse sozinha, até que alguém a chamou, provavelmente sua mãe. Era difícil dizer, mas ela parecia ter minha idade, talvez um pouco menos. Não tinha irmãos? Nunca conheci alguém que não os tivesse, e pensei se algo de ruim havia acontecido com eles.

Enquanto a via brincar, senti um impulso de pular a janela e me juntar a ela. O desejo era tão forte que tive de me agarrar ao parapeito para me manter no lugar. Ela desapareceu tão depressa quanto havia aparecido. Se pudesse brincar com ela, eu falaria com ela, juro, mamãe. Não perderia essa oportunidade. É como se agora as regras fossem diferentes. O que aconteceria se ela me visse?

Com amor, Nisha

⋰ *4 de setembro de 1947*

Querida mamãe,

Hoje não vi a menina. Provavelmente a imaginei, ou talvez tenha sonhado com ela e minha memória ainda está confusa, mas não consigo parar de pensar nisso. Tio Rashid passou a maior parte do dia fora, depois entalhou madeira embaixo de uma árvore. Quero muito ser simpática com ele para saber mais sobre você, mas ele não parece querer nossa companhia. Papai e dadi só leem os jornais, discutem coisas sussurrando e bebem xícaras e mais xícaras de chá aguado. Tio Rashid traz comida, e essa é a parte mais empolgante do dia. Tento ler os jornais, mas papai e dadi não deixam.

Consigo espiar as manchetes. Às vezes vejo uma sequência de palavras: *Representantes da Índia e do Paquistão discutem novo potencial para violência* ou *Conflitos comunitários continuam* ou *Gandhi jejua pela paz*. E aí eles me mandam embora. Papai falou um pouco sobre o jejum de Gandhi. Ele nos contou que Gandhi disse que não comeria até as pessoas pararem de brigar. Talvez funcione. Talvez amanhã seja o dia de saborear a verdadeira liberdade. À noite eles levam os jornais para a cama e escondem embaixo do colchão, ou pedem para tio Rashid levá-los para fora. Por que não querem que eu veja o que agora já sei — que o mundo está quebrado?

Com amor, Nisha

• • • • 5 *de setembro de 1947*

Querida mamãe,

Hoje eu fiz uma coisa, mamãe. Não sei por que fiz isso, depois de tudo que aconteceu com o homem e sua faca. Agora sei que esse novo mundo é perigoso, mas será que Amil e eu devemos apenas permanecer aqui dentro como prisioneiros? Sinto muito, mamãe. Sua casa é linda, mas ultimamente tenho sentido raiva, e não sei por que ou de quem. O que Gandhiji diria? Ficaria desapontado comigo? Papai ficaria. Só quero ser livre. A independência da Inglaterra não nos libertaria? Nunca fomos tão pouco livres.

A menina voltou quando Amil, papai e dadi estavam na sala de jantar. Papai agora deixa Amil sentar-se à mesa e desenhar. Papai sabe que Amil não vai tentar ler por cima de seu ombro. Não me incomodei por ficar sozinha. Queria olhar pela janela, caso não tivesse sido um sonho. Ela não apareceu durante toda a manhã, mas depois do almoço estava lá, como se tivesse estado lá o tempo todo. Quando a vi, foi como se alguém jogasse água fria em meu rosto. Não estou imaginando coisas. Ela é real.

Sentada no chão, ela trançava e destrançava o cabelo, mordendo o lábio com a testa franzida. Cada vez que fazia isso, ela balançava a cabeça e tentava parar. Depois de um tempo, a menina olhou para cima. Levantei a cabeça bem acima do parapeito. Queria que ela olhasse em minha direção. Papai, dadi e Amil estavam quietos. Ela virou para mim, então eu pus a mão para fora da janela e acenei. Ela levantou a mão como se fosse acenar de volta, mas a abaixou depressa e correu para dentro de casa. Meu coração batia tão depressa que achei que meu peito fosse explodir. E se ela contasse à família que eu estava lá? Estaríamos em perigo? As pessoas viriam atrás de nós como fez aquele homem na floresta? Passei o resto do dia sentada em um canto olhando para meus pés. Provavelmente estava longe demais para ela me ver, tentei dizer a mim mesma. Temia que algo terrível acontecesse se eu me movesse.

"O que foi, Nisha?", perguntou Amil.

"Nada", disse.

"Tem alguma coisa", ele insistiu. "Posso perceber."

"Estou triste, só isso."

Ele assentiu, me olhando atentamente.

"Não parece triste, parece estar com medo", disse depois de um tempo.

"Sai daqui", murmurei. Às vezes odiava o fato de Amil me conhecer tão bem. Não me atrevi a olhar pela janela de novo, e nada aconteceu.

Com amor, Nisha

*6 de setembro de 1947*

Querida mamãe,

Hoje de manhã decidi espiar pela janela por um segundo, e lá estava ela. Ninguém veio falar conosco ou nos fazer mal depois de eu ter acenado ontem. Amil desenhava figuras no ar, sentado em sua cama e cantarolando baixinho. Fiquei contente por ele não estar prestando atenção. A garota estava sentada no chão. Não consegui ver exatamente o que fazia. Levantei a janela e me debrucei um pouco para fora. Tive a impressão de que ela fazia colares e pulseiras de sementes. Isso era uma coisa que sempre quis fazer lá fora. Lembrei da festa antes de partirmos, de fazer colares de flores com meus primos. Seria assim tão errado eu ir brincar com ela?

Quando terminou, ela olhou em minha direção novamente. Eu me aproximei do centro da janela aberta, e ela me encarou. Depois de alguns segundos, acenei de novo e prendi a respiração. Dessa vez a garota acenou apressada antes de correr para dentro. Senti um arrepio no corpo, como se tivesse aberto um presente embrulhado em um brilhante papel e laço ingleses.

"Para o que está acenando?", perguntou Amil, olhando para mim do chão.

"Nada", respondi.

Ele se levantou e olhou para fora. Depois olhou para mim.

"Viu alguém lá?"

Não respondi. Ele ficou me olhando com as mãos na cintura, os olhos cada vez mais desconfiados. Ficamos ali por um minuto, travando uma guerra de olhares. Meu nariz começou a coçar. Interrompi o contato visual.

"Era uma menina que mora na casa ao lado", contei, apontando para lá. "Mas ela já entrou." Olhei para o chão, e as palavras transbordaram da minha boca. "Ela acenou para mim."

Levantei a cabeça e vi Amil arregalar os olhos. Depois ele sorriu.

"Brilhante", disse, em inglês.

Comecei a rir e não consegui parar. Amil se juntou a mim. Rimos até as lágrimas começarem a escorrer pelo rosto. Depois de um minuto, eu não sabia se estava rindo ou chorando. Uma vez papai levou um médico inglês que visitava o hospital até nossa casa. Depois do jantar, ele e papai fumaram charutos na sala de estar e falaram em inglês, enquanto Amil e eu os espiávamos escondidos da porta do nosso quarto, tentando entender o que diziam. Só sabíamos um pouco de inglês. O homem ficava repetindo a palavra "brilhante" depois que papai falava. A palavra parecia agradar ao papai e fazia seus olhos se iluminarem. Amil e eu deduzimos que devia significar alguma coisa maravilhosa, já que papai ficava tão feliz. Às vezes falávamos isso um para o outro quando ninguém estava olhando. É uma palavra muito engraçada. Parece que tenho penas em minha boca.

    Eu não podia esconder de Amil que tinha visto a menina. Se Amil não sabe, é como se não acontecesse de verdade. E eu quero que seja de verdade, mamãe.

Com amor, Nisha

*7 de setembro de 1947*

Querida mamãe,

Esperamos por ela juntos hoje de manhã, enquanto dadi e papai estavam distraídos com a leitura. A menina saiu, mas não olhou para nós. Ela não fez nada, na verdade, só andou em círculos, e de vez em quando se abaixava e examinava alguma coisa no chão.

"Vamos mandar uma mensagem para ela, pedir para que ela venha até a janela", cochichei para Amil.

Ele me olhou surpreso, os olhos brilhantes e animados.

"E se ela contar para alguém sobre nós?", perguntou, e nós dois olhamos a menina sentada no chão de pernas cruzadas, raspando a terra com uma pedra.

Eu disse que ela não contaria. Acreditava que, se quisesse, já teria contado.

"Podemos falar para ela que, se ela contar, vamos todos morrer", Amil sugeriu de um jeito simples.

Meu queixo caiu. Morreríamos? Talvez fosse perigoso demais. Devíamos deixar a menina em paz, mas comecei a sentir uma raiva profunda crescendo em meu peito. Um homem estranho podia pôr uma faca no meu pescoço, mas nós não podíamos falar com uma menininha que brincava no quintal de sua casa? Pus as mãos nos ombros de Amil. "Tudo agora é perigoso de algum jeito. Só queremos falar com a menina. Vai ficar tudo bem."

Amil pensou nisso. "Vamos ver o que papai e dadi estão fazendo."

Seguimos pelo corredor até a sala de estar, e de lá para a sala de jantar, onde dadi e papai levantaram os olhos da mesa. "O que vocês dois estão espiando?", papai perguntou em voz baixa e rouca.

"Estamos brincando", respondeu Amil.

"Brincando?", dadi repetiu. Dei de ombros, e Amil a ignorou. Ela havia recuperado a cor. Isso fez com que eu me sentisse melhor. Sentei-me ao lado dela. Vovó tocou meu ombro e dobrou o jornal. Amil começou a andar em volta da mesa, saltitando um pouco. Ele costumava passar horas correndo pelos jardins, brincando com os amigos, correndo e pulando na ida e na volta da escola. Era horrível dizer isso, mas andar no deserto podia ter sido mais fácil para ele do que ficar preso desse jeito, pelo menos enquanto tínhamos água.

Bem quando papai olhou para Amil com a irritação brilhando nos olhos, eu ouvi alguma coisa. Era um som fraco, mas não era um pássaro. Ouvi com mais atenção e percebi que era uma criança cantando. A menina. Todos nós levantamos a cabeça e ouvimos. Era o som mais doce que eu tinha escutado em muito tempo. Acho que papai, dadi e Amil pensavam a mesma coisa, porque todos ficaram em silêncio e imóveis até ela parar. Mas tive medo de que, de algum jeito, eles soubessem o que íamos fazer, quisessem olhar pela janela para a fonte do som. A menina poderia vê-los, e isso seria muito pior do que apenas nos ver.

Depois de alguns minutos, a música terminou e papai e dadi voltaram a ler como se nada tivesse acontecido. Queria saber por que eles faziam isso, mas talvez tivessem medo de nossas perguntas. Amil foi para o nosso quarto, e eu o segui. Nós a observamos de novo. Agora ela cavava um buraco com um graveto.

Amil mostrou um canto de página de jornal que escondia na mão.

"Onde conseguiu isso?"

"Nas páginas que dadi me deu. Podemos embrulhar uma pedrinha e jogar perto dela."

"Não vai chegar tão longe", falei. Depois a imaginei se aproximando. Poderíamos conversar com ela pela janela, cochichando. Poderíamos descobrir coisas. Talvez ela fosse tão solitária quanto nós.

Depois de alguns segundos, pedi para Amil ir buscar um lápis. Ele pegou rapidamente um dos que guardava na bolsa. Pensei um pouco e escrevi: *Venha a nossa janela. Queremos conhecer você. Mas não conte a ninguém, ou coisas ruins podem acontecer.*

Amil assentiu. Os vizinhos de tio Rashid ficariam zangados por estarmos aqui? E se fossem amigos dele? Talvez até soubessem que estávamos aqui. Mais uma vez, pensei em quais seriam as regras.

"Fique atenta", falou Amil, pegando o bilhete e começando a pular a janela.

"Espere", sibilei para ele. "Você vai sair?"

Ele parou. "De que outro jeito posso entregar o bilhete?"

Pus a cabeça para fora da janela e olhei em volta. Não via mais ninguém. Antes que eu pudesse dizer mais alguma coisa, Amil passou as duas pernas por cima do parapeito e de repente estava lá fora. Meu coração batia tão forte que o rosto pulsava. Ele pegou uma pedrinha e a embrulhou com o bilhete, deu alguns passos e jogou a pedra na direção da menina. Ela olhou rapidamente para o local onde a pedra caiu, depois olhou assustada na direção de onde ela tinha saído. Amil pulou a janela para dentro. Ficamos abaixados ao lado da janela por alguns segundos até criarmos coragem para espiar por cima do parapeito. Nós a vimos se aproximar lentamente da pedra e pegá-la. A menina olhou na direção da nossa janela, desembrulhou a pedra e leu o bilhete. Olhou de novo para nós e estreitou os olhos. Levantamos um pouco mais a cabeça.

"Está feito", disse Amil.

Concordei. A menina olhou em volta e começou a andar em nossa direção. Paramos de respirar conforme ela se aproximava mais e mais. Ela passou por cima da fronteira baixa de pedras e entrou na propriedade do tio Rashid. Quando parou a uns três metros de distância, vi que era mais nova do que eu havia imaginado. Talvez tivesse apenas uns nove anos. Amil pôs um dedo sobre a boca.

"Fale baixinho", ele disse.

Ela assentiu e chegou mais perto.

"Quem são vocês?", disse. "Para onde foi o homem com o rosto torto?"

Amil olhou para mim com ar de dúvida. Não sabia o que dizer. Abri a boca, mas senti que ia desmaiar. Então a fechei. Balancei a cabeça.

"Ela não gosta de falar", ele disse, apontando para mim. "Viemos de Mirpur Khas."

"Vão ficar aqui por muito tempo?", ela perguntou.

"Não", respondeu Amil. "Estamos a caminho da fronteira."

"Ah". A menina estreitou os olhos como se compreendesse tudo. "Estão aqui escondidos, então?", perguntou, e eu vi a preocupação em seu rosto.

Engoli em seco.

"Por isso não pode contar para ninguém que estamos conversando", explicou Amil.

Ela olhou em volta com medo e começou a recuar.

"Não vá", sussurrei, estendendo a mão como se fosse segurar a dela, mas não estávamos suficientemente próximas. "Ninguém vai fazer nada se não nos pegarem", insisti com a voz um pouco mais alta.

Amil olhou para mim boquiaberto.

Olhei para ele como se o repreendesse. A menina olhou para nós dois, de um para o outro, ainda decidindo se queria ficar.

"Como se chama?", perguntei.

"Hafa", ela respondeu tímida.

"Eu sou Nisha. Ele é Amil."

Amil me deu uma cotovelada nas costelas. "Acho que ouvi uma cadeira sendo arrastada", disse.

Olhei para trás e prestei atenção.

"Temos que ir. Venha visitar a gente amanhã, mas é segredo. Não conte para ninguém", falei com meu tom mais sério.

Ela assentiu e voltou para casa.

Ouvi o rangido da porta da frente abrindo e fechando. Isso significava que tio Rashid estava em casa.

"Acha que o tio Rashid percebeu alguma coisa?", sussurrou Amil em meu ouvido.

"Creio que não é possível ver o fundo das casas da rua. Mas não tenho certeza", respondi, novamente com o coração disparado. Mas, mamãe, posso lhe contar uma coisa? Eu me sentia tão feliz que nem me importava.

"Você falou com ela", comentou Amil. Só assenti, sentindo centelhas de alegria cintilando em meus membros.

"Nisha, Amil, venham ajudar a preparar o jantar", papai chamou de outro cômodo.

Fomos até lá e vimos tio Rashid tirando a comida da sacola. Havia batatas-doces, vagens, duas cebolas e dois pepinos. Ele nunca comprava carne, e eu estava morrendo de vontade de comer frango ou carneiro. Não sei se ele não comia carne, ou se achava que nós não comíamos. Talvez fosse muito caro. Mas fiquei com a boca cheia d'água quando pensei em comer batatas-doces. Não conseguia lembrar quando havia sido a última vez. Não sabia que receitas Kazi preparava com elas, mas podíamos fritá-las com as cebolas e as vagens. Eu até já sentia o sabor doce, salgado e picante, tudo junto.

Comecei a trabalhar, arregaçando as mangas e limpando um espaço para cortar os alimentos. Tio Rashid me deu uma faca.

Depois de conversar com Hafa, eu me sentia diferente, como se pudesse ser uma nova pessoa, talvez.

"Obrigada", falei.

Tio Rashid me olhou surpreso, e eu o encarei. Ele assentiu, e sua boca se moveu um pouco. Em seguida, ele começou a medir o arroz. Cozinhamos em silêncio, e um pouco depois eu servia os vegetais fritos nas tigelas com arroz.

"Maravilhoso", papai disse, pegando os cubos alaranjados de batata-doce aninhados entre os pedaços de cebola e vagem. Depois ele bateu de leve na barriga. Comemos devagar, saboreando o alimento. Amil normalmente devorava a refeição — eu até me perguntava como ele sentia o gosto de alguma coisa —, mas até ele parecia comer mais devagar e apreciar a comida. Tiramos os pratos da mesa, e Amil e eu lavamos tudo.

Papai e dadi tomavam a última xícara de chá da noite, e tio Rashid estava sentado à mesa entalhando, como sempre fazia.

Respirei fundo. Amil olhou para mim.

"O que está fazendo?", perguntei ao tio Rashid. Depois entreguei a ele a pequena lousa em que costumava escrever.

Dadi e papai abaixaram os jornais e olharam para nós. Tio Rashid parou e abaixou a ferramenta e o pedaço de madeira. Ele estava só começando. A peça ainda não tinha forma de nada. Ele pegou a lousa e o giz com movimentos lentos, cuidadosos. *Uma boneca*, escreveu. Pensei em Dee, minha boneca velha, e senti meu estômago se comprimir. Assenti, mas minha boca ficou seca, e eu soube que as palavras ficariam presas. O rosto esquentou. Balancei a cabeça.

Tio Rashid me olhava com atenção, estudando meu rosto.

*Você tem a boca de sua mãe*, ele escreveu. Olhei para papai e dadi. Eles pareciam congelados. Amil se aproximou de mim.

*E você tem os olhos de sua mãe*, ele escreveu, mostrando a lousa para Amil. Amil tocou o canto do olho.

*Ver o rosto de vocês me faz muito feliz*, continuou.

Ele a conhecia. Podia vê-la em nossos rostos. Era como se outro universo se abrisse.

"Você era, ela era", Amil gaguejou. "Ela era boa para você?", perguntou.

Tio Rashid assentiu.

*Ela amava vocês dois antes de nascerem*, escreveu.

Ouvi dadi fazer um barulhinho, como se estivesse chorando. Ouvi papai pigarrear. Meu corpo parecia estar derretendo. "Obrigada", sussurrei. Era a resposta que eu sempre quis ouvir. Quase fazia valer a pena tudo que tínhamos enfrentado. A divisão da Índia. As paredes demolidas. A abertura de algo novo, disso. Você nos amava, mamãe.

Com amor, Nisha

• *8 de setembro de 1947*

Querida mamãe,

Hoje acordei cedo. Amil ainda dormia. Ele parecia uma criança pequena dormindo, e isso fez com que eu sentisse vontade de tocar seu rosto. Às vezes, quando Amil dormia até muito tarde em casa, eu cutucava sua bochecha só para ver seus olhos inchados se abrindo. Ele começava a se mexer e esfregava os olhos com os punhos, olhando para mim como uma criança muito pequena. Nunca ficava bravo comigo por acordá-lo.

Fui à cozinha e vi tio Rashid acendendo o fogão, aquecendo água para o chá. Ele notou minha presença, e sua boca se distendeu. É assim que sei que ele está sorrindo. Papai já estava sentado à mesa lendo os jornais de ontem. Dadi continuava dormindo.

"Bom dia", falei tímida, e tio Rashid respondeu com um aceno de cabeça. Depois de preparar o chá, ele começou a aquecer o óleo para o poori, exatamente como Kazi fazia todas as manhãs em casa. Ele me deu uma caneca de leite, e eu me sentei para beber. Depois, ele me deu uma vasilha com farinha.

Levantei, misturei um pouco de água a ela e comecei a fazer a massa, formando bolinhas que achatava em círculos. Entreguei os discos de massa a tio Rashid, que os fritou em óleo quente. Vi cada círculo inchar e senti uma leveza que não sentia há muito tempo. Sentamos e comemos os pooris com dal. Eu gostava de partir o poori ao meio e recheá-lo com dal, depois dar uma grande mordida misturando o crocante e a maciez. Depois do café da manhã, tio Rashid bateu no meu ombro. A surpresa me fez dar um pulinho. Ele me ofereceu a lousa. *A boneca que estou fazendo é para você*, li. Depois ele apontou um bloco de madeira sobre a banqueta em que se sentava para fazer seu trabalho. Consegui identificar a forma bruta de uma cabeça e dos ombros. Eu era grande demais para bonecas, mas jamais diria isso a tio Rashid. Fui tocar a madeira e senti a textura granulosa. Ele ainda não havia lixado todas as irregularidades.

"Obrigada", falei, inclinando um pouco a cabeça. "Vou guardá-la para sempre."

Alguma coisa mudou. Estou começando a me sentir feliz aqui. Estou começando a me sentir em casa. Sobrevivemos à caminhada, à sede, ao cansaço, à fome, ao homem com a faca. Tio Rashid contou que você nos amava. Falei com ele. Falei com Hafa. Isso me fez sentir forte, mamãe, forte e corajosa. Agora, mais do que nunca, espero que possamos ficar por tempo suficiente, nos esconder por tempo suficiente, que todos esqueçam quanto estão zangados e que Hafa e eu possamos ser amigas, amigas de verdade. Tio Rashid será meu tio de verdade.

    Mais tarde, Amil e eu esperamos papai e dadi começarem a ler e tio Rashid sair, e só então fomos olhar pela janela. Cantamos alto e contamos histórias para o papai pensar que era só isso que estávamos fazendo. Hafa demorou um pouco para aparecer. Começamos a pensar que a havíamos assustado e sentamos embaixo da janela, de costas para a parede, olhando para a frente. Eu encarava nossas bolsas e esteiras de dormir perfeitamente arrumadas no canto. Papai nos fazia deixar a bagagem pronta todas as manhãs e Amil perguntava se íamos embora. Papai balançava a cabeça.

    "Mas quando?", insistia Amil, como se realmente quisesse partir. Sei que ele odeia se sentir preso, mas será que esqueceu que quase morremos lá fora?

    "Quanto mais tempo ficarmos longe do perigo, melhor", papai disse. "Sinta-se grato por estarmos aqui."

    "Então por que temos que arrumar a bagagem todos os dias?", perguntou Amil. Mas papai não respondeu.

    Talvez papai também quisesse ficar para sempre. Fiquei quieta, de cabeça baixa. Só conseguia pensar em falar com Hafa outra vez. Esperamos até que a vimos. Ela saiu e fingiu que não notava nossa presença.

Nós a observamos desenhar na terra, cantar, correr, dar cambalhotas. Ela desfez a trança desarrumada e a refez. Depois, finalmente se virou e olhou em nossa direção. Amil pôs a mão para fora e acenou. Ela continuou olhando e arrumando o cabelo. Por que não se aproximava? Queria ser minha amiga tanto quanto eu queria ser amiga dela?

Ela olhou em volta e começou a andar, aproximando-se de nossa janela. Vou tentar me lembrar de tudo que ela disse, mamãe.

"Sei que estavam me observando, mas fiquei com muito medo. Agora meu pai saiu, e minha mãe está costurando na sala do fundo", ela contou. "Longe da janela."

"Por que não tem irmãos?", perguntou Amil. Olhei para ele como se o censurasse. Isso não era grosseiro? Mas logo olhei para Hafa. Eu também queria saber.

"Eu tenho", ela respondeu. "Dois irmãos. Muito mais velhos."

Nós nos entreolhamos em silêncio. Pensei ter ouvido uma cadeira arranhando o chão. Prestamos atenção, mas não ouvimos mais nada.

"Onde eles estão?", indaguei em voz baixa. Ainda não conseguia falar sem sentir o coração batendo nos ouvidos.

Hafa chutou a terra. Quando levantou a cabeça, seus olhos eram tristes.

"Não sabemos. Eles partiram quando os homens chegaram com fogo para tirar todos os hindus e sikhs do vilarejo. Meus irmãos foram com eles, foram lutar pelo Paquistão."

Ficamos todos quietos de novo. Amil foi o primeiro a falar.

"Então não devia gostar de nós", disse.

Prendi a respiração. Por que isso? Quis colocar a mão sobre sua boca e arrastá-lo para longe dali. Papai avisou para ele não falar sobre essas coisas.

"E você não devia gostar de mim, porque sou muçulmana", respondeu Hafa.

"Mas é muito estranho", falei. Não conseguia explicar a dor que sentia no fundo do estômago quando a observava, como se tudo que sempre quis fazer fosse ser amiga dessa menina.

"Todos os meus amigos foram embora do vilarejo. Eram hindus e sikhs", ela contou, olhando para o chão.

Ficamos em silêncio. Eu sabia o que queria dizer. Ensaiei mentalmente. Quatro palavras. Só quatro palavras. O sangue fluía. Havia um latejar em meu peito, nos ouvidos. Pigarreei, passei a língua nos lábios. Abri a boca e voltei a fechá-la. Depois a abri e empurrei as palavras para fora.

"Minha mãe era muçulmana", contei. "O homem que mora aqui é nosso tio."

Amil me encarou.

"Ah", falou Hafa, e uma ameaça de sorriso surgiu em seu rosto.

"Sim", confirmou Amil. "Isso significa que estamos dos dois lados."

"Vocês têm sorte", disse Hafa.

"Acho que sim", Amil concordou. "Mas não é essa a sensação que temos."

"Quer dizer que vão ficar aqui?", perguntou Hafa, se erguendo na ponta dos pés por um instante antes de voltar ao chão.

"Queria que fosse possível", falei.

Amil olhou para mim e balançou a cabeça.

"Mas não é", disse.

"Por quê?", Hafa quis saber.

"Porque nossa mãe morreu", contou Amil, "e as pessoas pensam que somos só hindus e temos que ir embora."

"Ah. Isso é triste, sobre sua mãe."

"Sim", respondeu Amil. Eu assenti.

"Posso entrar por um minuto?", pediu Hafa. "Eu pulo a janela. Minha mãe não vai perceber. Ela não presta atenção em mais nada quando está costurando."

Amil e eu nos olhamos. Se ouvíssemos papai ou dadi no corredor, teríamos tempo suficiente para tirar Hafa dali. Amil fechou a porta do quarto sem fazer barulho.

"Eles estão lendo", disse. "Não vão suspeitar de nada."

Hafa pulou a janela com facilidade.

Minha respiração acelerou imediatamente.

"Não sei", falei com voz trêmula.

"Vamos combinar um sinal", sugeriu Amil. "Se alguém ouvir uma cadeira se mexer, passos ou uma voz, deve pôr a mão na cabeça, e Hafa sai pela janela."

Hafa e eu assentimos sérias. A trança comprida da menina, mais longa que a minha, havia começado a se desfazer, e ela não tinha com que prendê-la. As mechas soltas caíram em torno do rosto. Ela levantou as mãos para prendê-las.

"Pode me ajudar?", pediu, os olhos brilhantes e cristalinos.

"Eu?" Apontei para mim mesma, endireitando as costas com o impacto da surpresa.

"Sabe trançar cabelo? Não consigo fazer isso direito em mim mesma. Minha mãe não apertou bem a trança hoje, e não encontramos a fita. Não vou usar barbante no meu cabelo, só minha fita verde, mas ela desapareceu." O sorriso sumiu.

"Está bem", respondi um pouco alto demais. Ela se virou, e recolhi com cuidado todo o seu cabelo nas mãos. Dadi me ensinou a fazer trança quando eu era pequena. O cabelo dela era macio e liso, não áspero e ondulado como o meu. Eu o dividi em três partes. Amil nos observava em silêncio. Fui trançando as três mechas de cabelo e apertando o máximo que conseguia.

"Se doer, avise", falei.

"Não dói. Pode apertar."

Quando terminei a última volta, ela se virou.

"Como está?", perguntou.

Estudei seu rosto, o cabelo agora bem puxado para trás. Sobrancelhas grossas emolduravam os olhos escuros, e a boca pequena se curvava em um sorriso.

"Bonita", respondi. Ela riu e tocou a trança.

"Quer que eu faça a sua?", perguntou Hafa, e eu aceitei. Ela mexia no meu cabelo devagar, desfazendo os nós enquanto separava as mechas. Meu rosto ficou corado.

"Não tenho uma escova desde que..."

"Não faz mal", interrompeu ela. "Vai ficar bom assim."

Ela terminou o trabalho e examinou o resultado. "Muito melhor."

Sorri acanhada.

"Eu ouvi", cochichou Amil com as mãos na cabeça. Hafa saiu pela janela antes que pudéssemos dizer mais alguma coisa. Dadi abriu a porta e olhou para nós.

"Estavam falando com alguém?", ela perguntou.

"Com quem estaríamos falando além de um com o outro?", respondeu Amil depressa.

"Não sei", dadi retrucou, ainda olhando para nós. "Você trançou seu cabelo", disse.

Toquei a trança e assenti.

"Eu ajudei", falou Amil, inflando o peito. Olhei para ele de soslaio. Para que falar isso? Dadi saberia que era mentira.

"Sei", ela disse, e se afastou andando devagar.

Assim que ela foi embora, Amil e eu sentamos no chão.

"Não estrague tudo", cochichei.

"Bem, então fale você. Não deixe tudo para mim. Você não parece ter dificuldade para conversar com Hafa."

Dei de ombros e apoiei a cabeça na parede. Um sorriso surgiu em meu rosto. Por que não era difícil falar com Hafa? Eu ainda podia sentir a maciez do cabelo dela em minhas mãos. Se nossos pais descobrirem, talvez percebam que somos só duas garotas solitárias que querem ser amigas. Como uma amizade pode ser perigosa?

Com amor, Nisha

### 9 de setembro de 1947

Querida mamãe,

Hoje Hafa veio de novo.
"Trouxe uma coisa", ela falou na janela.
Amil e eu pusemos nossas cabeças para fora.
"Me dê sua mão", disse ela, me olhando.
"Eu?", perguntei, apontando para mim mesma. Quando outra menina tinha me dado alguma coisa? Estendi a mão devagar.
Ela pôs um pedaço de fita vermelha nela.
"Minha mãe comprou uma nova para mim, mas era muito comprida, e eu a cortei no meio." Ela virou e me mostrou a fita fina no final da trança brilhante. A mãe devia ter feito o penteado para ela. "E você pode ficar com o outro pedaço."
Fechei a mão com a fita dentro dela e tive a sensação de que ia chorar.
"Obrigada", consegui dizer.
"Por que ficou tão triste?", ela perguntou.
"Ah, não fiquei", respondi. "Estou muito feliz."
"Estou contente por vocês dois estarem aqui", ela declarou, e dessa vez olhou para Amil. "Eu estava muito sozinha. Fiquem, por favor", pediu.

"Às vezes essas coisas podem acontecer", disse Amil. "Os adultos simplesmente fazem coisas e ninguém sabe por quê."

Concordei balançando a cabeça, e Hafa também. Talvez pudéssemos perguntar ao papai. As pessoas param de brigar em algum momento, não param? Amil pediu para ver minha fita, mas ouvimos o barulho de uma cadeira arranhando no chão, e Amil disse "vá", e Hafa correu. Eu queria que ela trançasse meu cabelo e o prendesse com a fita, mas dadi ia querer saber onde eu a tinha arrumado. Papai nem notaria, provavelmente. Foi alarme falso. Ninguém foi nos ver no quarto, mas Hafa não voltou mais hoje. Segurei a fita com a mão suada por muito tempo, depois a guardei na bolsinha com suas joias. Não vou poder usá-la aqui. Espero que Hafa não fique magoada por isso. Vou explicar para ela amanhã. Mamãe, tenho uma amiga de verdade com quem consigo falar. Você acredita nisso?

Com amor, Nisha

· . ·  *10 de setembro de 1947*

Querida mamãe,

No dia seguinte, olhamos pela janela e esperamos por muito tempo. Enquanto esperávamos, o pânico começou a me dominar. E se eu nunca mais a visse? Finalmente, Hafa se aproximou correndo, a trança balançando de um lado para o outro. Pulei na ponta dos pés. O dia era quente e seco. A poeira girava em torno dela. Tentarei escrever toda a conversa novamente. Não quero esquecer isso nunca.

"Desculpem", ela disse ao se aproximar da janela, o peito subindo e descendo. "Minha mãe quis que eu a ajudasse a varrer e lavar a roupa hoje de manhã." Ela fixou os olhos em mim. Meu cabelo estava solto e embaraçado em volta do rosto.

"Por que não usa a fita?", perguntou Hafa, segurando o cabelo trançado e alisando-o.

"Quero muito usá-la", falei, "mas tenho medo de que meu pai faça perguntas."

Hafa baixou os olhos. "Entendo."

"É a melhor coisa que alguém já me deu", declarei.

"É mesmo? Mas é só um pedaço de fita", ela respondeu, novamente animada.

"Ela não tinha amigas em casa."

Minha reação inicial foi olhar feio para Amil, mas ele só estava dizendo a verdade. Talvez fosse difícil para ele ter amigos, sabendo que eu não os tinha. Acho que ele não considerava Sabeen. Talvez se sentisse como se estivesse me abandonando. Eu estava tão compenetrada em meus pensamentos que não ouvi os passos, só um gritinho de Amil. Depois, a mão segurou meu ombro. Hafa se virou e correu antes que alguém dissesse alguma coisa.

"Saia da janela", grunhiu papai atrás de mim. Olhei rapidamente para Hafa antes de me afastar, sua trança se soltando enquanto ela corria de volta para casa.

"Já não tivemos problemas suficientes? Querem matar todos nós?" Papai olhava para nós com uma expressão severa. Normalmente, ele teria gritado, mas sabia que aqui não podia.

Amil e eu nos encostamos à parede.

"Ela não vai contar a ninguém", disse Amil.

"Vocês não entendem, não é?" Papai se abaixou, e seu rosto ficou a centímetros do de Amil. Uma gota de saliva brotou de sua boca e caiu na bochecha de Amil. Amil não se moveu.

"Por favor, papai. Não fique bravo com Amil. A culpa foi minha. Eu só queria uma amiga, alguém com quem conversar", falei.

Papai voltou o olhar zangado para mim. "Duvido. E se isso for verdade, foi um erro incentivar você a falar mais. Estaríamos melhor se você tivesse ficado de boca fechada", papai falou. Suas palavras me atingiram profundamente, me machucando. A vergonha fechava minha garganta.

Ele balançou a cabeça. "Agora temos que partir." E saiu, deixando Amil e eu ali parados, nossos braços caídos junto ao corpo. Amil pegou minha mão e a segurou, e ficamos lá por um momento antes de sentarmos na minha cama. Ouvi papai falando com dadi e dadi soltando um gemido. "Não, não."

Ficamos ali sentados em silêncio por muito tempo, com medo de sair do nosso quarto, até papai nos chamar para jantar. Ninguém falava. Ninguém olhava para nós. Tio Rashid sabia? Ouvíamos só os ruídos de mastigação e o tilintar das tigelas. Eu me sentia inerte, vazia. Ainda sinto. Não tem mais tristeza, não tem mais medo. Só o vazio.

Papai deve estar certo. Todo mundo fica melhor quando eu não falo. Não vou falar, mamãe, nunca mais. Vou ser como tio Rashid. Quando for realmente necessário dizer algo, vou escrever minhas palavras em uma lousa para que possam ser apagadas.

Com amor, Nisha

## 11 de setembro de 1947

Querida mamãe,

Partimos ao raiar do dia. Papai disse que não tínhamos escolha, e ele não quis acordar tio Rashid. Era ficar aqui e arriscar nossas vidas, ou entrar no trem e arriscar nossas vidas, então podíamos muito bem tentar atravessar a fronteira. Era nossa única esperança. Papai diz que dadi não está forte o bastante para andar tanto.

Hafa e eu nunca nos tornaremos amigas normais que trançam o cabelo uma da outra, conversam todos os dias e contam seus segredos. Tio Rashid e eu não vamos passar mais tempo juntos para eu aprender histórias reais sobre você, em vez de só inventar minhas histórias imaginárias. Agora tudo ficou para trás.

Enquanto tio Rashid dormia, papai e dadi recolheram nossas coisas em uma pilha sem fazer barulho. Papai pegou uma batata-doce, um pimentão e dois tomates, toda comida fresca que tio Rashid tinha, e pôs em uma sacola. Ele também pegou um saco de chapatis e um saco grande de arroz seco.

Estou perdendo uma parte sua de novo, mamãe. É como se meu coração estivesse partido ao meio e nunca mais fosse ficar inteiro. Por que precisei tanto falar com Hafa? Se morrermos no trem, a culpa também vai ser nossa. Se sobrevivermos, será que vou me livrar dessa vergonha?

Enrolei minha esteira e o mosquiteiro e peguei minha bolsa. Pensei que não me despediria direito de tio Rashid, depois de tudo que ele fez por nós. Pensei nele vivendo sozinho de novo. Acho que ele estava começando a gostar de nos ter por perto. Ultimamente, eu o havia notado cantarolando à noite, enquanto entalhava. Então eu vi a boneca meio entalhada sobre a banqueta, esperando ser terminada. Uma tristeza nova e mais aguda me invadiu. Pensei se deveria levá-la, mas, se a levasse, ele nunca a terminaria. Enquanto papai e dadi se moviam sem fazer barulho, fui ao nosso quarto como se estivesse procurando alguma coisa e escrevi rapidamente essas palavras:

*Querido tio Rashid,*

*Fomos embora por minha culpa. Eu só queria uma amiga. Você já quis tanto ter um amigo que não se importou com o que lhe aconteceria? Espero que voltemos a vê-lo. Obrigada por cozinhar comigo.*

*Obrigada por falar sobre minha mãe. Não se preocupe com a boneca. Espero que fique bonita e que você a venda por muitas rúpias. Por favor, vá nos procurar um dia. Por favor, me perdoe.*

*Sua sobrinha, Nisha*

Não tive chance de deixar o bilhete para tio Rashid. Papai me encontrou e disse que se eu não parasse de escrever no meu caderno tolo, ele o tomaria de mim. Guardei-o depressa na bolsa, e ele nos levou embora. Talvez mande o bilhete para ele algum dia. Ficamos lá fora por um momento, piscando ao amanhecer. Não sei o que esperava que fizéssemos, mas tudo parecia muito fácil, depois de passar tantos dias escondida. A caminho da saída, fiquei surpresa ao ver papai escrever alguma coisa para tio Rashid em sua lousa, que ficava sobre a mesa de jantar. Eu me lembro de cada palavra:

*Caríssimo Rashid,*

*Tivemos que partir repentinamente. A menina da casa vizinha nos viu, então, tome cuidado. Jamais poderei compensá-lo por sua bondade, e espero que não o tenhamos posto em nenhum perigo. Faria esteve vigiando. Eu a sinto. Obrigado.*

Prendi a respiração quando li seu nome. Sempre a chamo de mamãe, sempre penso em você como mamãe. Não me dei conta de que havia esquecido seu nome até vê-lo escrito. E ver seu nome daquele jeito, *Faria*, escrito por papai, foi como água gelada em meu rosto. Faria, Faria, Faria. Ele me faz lembrar da pessoa que você foi, além de minha mãe. E me causa arrepios enquanto o escrevo.

"Por que não nos despedimos de tio Rashid?", sussurrou Amil quando já estávamos vários metros longe da casa. Ouvi as lágrimas na voz dele.

"Quanto menos envolvido ele estiver, melhor. Se vocês dois não tivessem sido tão insensatos, teríamos nos despedido. Estou tentando garantir a segurança de vocês, não entendem?" Ele passou as mãos pelo cabelo preto e mais ralo, entremeado de fios brancos. Nunca vi papai tão aborrecido. Já o vi mais bravo, mas isso foi diferente. Seus olhos não tinham foco. A voz era mais aguda.

Papai disse que, quanto mais rápido chegássemos ao caminho principal sem sermos vistos, melhor. Seria mais fácil passarmos despercebidos. Os quilômetros ficavam para trás rapidamente, e dividimos a água, os vegetais e os chapatis sem parar para descansar. Quando nos aproximamos do vilarejo, os grupos começaram a se tornar mais numerosos. Papai tinha os olhos cheios de medo quando nos aproximamos mais da multidão. Ele disse para darmos as mãos e ficarmos perto uns dos outros.

Amil e eu demos as mãos, e papai segurou meu braço e o de dadi. Progredíamos devagar como um quarteto atrelado, e entramos no vilarejo por volta do meio-dia. Havia uma fila de mais ou menos cem pessoas para comprar passagens de trem. Entramos nela. Havia principalmente famílias na nossa frente, gente que parecia suja e cansada. Ninguém falava com ninguém. Pensei no mercado e nos festivais onde morávamos, em como todo mundo conversava com todo mundo discutindo que pimentão estava mais maduro, quem ia se casar, quem tinha tido um bebê, quem estava doente, quem ia se mudar. Toda e qualquer coisa, as palavras fluíam das bocas com facilidade.

"Tem um trem a cada intervalo de poucas horas", papai falou.

Assentimos e esperamos, esperamos. A fila se movia devagar, até parar. O homem gritou que não tinha mais passagens e que só voltaria a vendê-las quando o trem chegasse. O sol nos castigava, e bebíamos pequenos goles de água alternando o peso de um pé para o outro. A família a nossa frente tinha um bebê, que a mãe carregava em uma tipoia atravessada no peito, e dois meninos pequenos. Eles olharam para nós até os pais os sacudirem, e então viraram para a frente.

Quando o trem chegou, eu o ouvi antes de vê-lo, o som de metal rangendo contra metal, o guincho dos breques. Todo mundo virou e algumas pessoas começaram a correr em sua direção. Muita gente saiu da fila para tentar embarcar. O trem ficou superlotado, com pessoas pondo a cabeça para fora das janelas para respirar, homens sentados no teto e pendurados nas laterais. Papai tocou meu ombro.

"Fique aqui. Vamos ter que esperar o próximo."

Pessoas furiosas balançavam suas passagens. Algumas subiam nos degraus, forçando a entrada. Alguns homens mais jovens subiram no teto do trem. O condutor desceu e tentou empurrar as pessoas para fora. Mas eram muitas, e ele não conseguia detê-las. Ficamos afastados olhando aquilo. O homem a nossa frente começou a gritar com a família. "O próximo também estará lotado. Passagens não importam em um momento como esse!"

Ele olhou para nós. "Salvem-se e entrem naquele trem. Não sabemos quando o próximo virá."

"Está muito cheio, é perigoso demais", papai respondeu.

Se não conseguíssemos embarcar no próximo, voltaríamos para a casa de tio Rashid? Eu esperava que sim.

O homem correu com a esposa, o bebê e os dois meninos. Um dos meninos caiu, e as pessoas passaram por cima dele a caminho do trem. De repente não consegui mais vê-lo, e o restante da família não percebeu. O homem encontrou uma entrada e subiu a escada, acenando para chamar a família. Ele embarcou puxando um filho. A esposa então notou que o outro menino havia desaparecido. Ela gritou, girando em círculos para procurá-lo. Outras pessoas passaram na frente dela e o homem e o menino desapareceram lá dentro. O trem começou a se mover. E ela correu com o bebê tentando acompanhá-lo, mas o outro menino se levantou e a encontrou. Ele gritou acenando. Ela parou, o agarrou e segurou contra o corpo enquanto viam o trem ir embora, levando o homem e o outro irmão.

Eu queria muito contar para o papai. Puxei a manga de sua blusa.

"O que é?", ele reagiu, irritado.

Apontei para a mulher que continuava perto dos trilhos, a uns dez metros de nós, de cócoras no chão, chorando com o bebê e o outro filho. Eu conseguia ver pelos espaços entre os grupos de pessoas que o menino a abraçava e tentava confortá-la. Mas papai não viu.

"O quê?", repetiu ele.

"O que é?", perguntou Amil. Eu não conseguia falar, nem mesmo com Amil. Era como se meu cérebro tivesse desligado completamente essa parte de mim. Procurei meu diário e um lápis para escrever uma mensagem para ele. Agora tinha muita gente correndo a nossa volta, gritando e empurrando, mas ficamos na fila. Como papai não havia notado a família? Como eu explicaria tudo? Engoli a saliva. Outra família foi confortá-la, pai, mãe, duas meninas mais velhas e dois meninos mais novos.

Apontei de novo.

"Nisha", papai falou impaciente, olhando para o mar de corpos à nossa volta. "Por favor, me diga para o que está apontando."

Tive a impressão de que a mulher recebia ajuda da outra família. Eles falavam com ela, a ajudavam a se levantar. Acho que não havia nada que papai pudesse fazer.

Balancei a cabeça e olhei para o chão. E se não tivesse ninguém para ajudá-la e eu não conseguisse explicar? Eu era uma menina inútil. Devia deixá-los entrar no trem sem mim. Então eles não teriam que se preocupar com mais um corpo, meu corpo inútil, para continuar enchendo com água e comida.

Finalmente compramos as passagens e, algumas horas mais tarde, outro trem chegou. Àquela altura, tínhamos andado mais para a frente e estávamos perto dos trilhos.

Papai nos envolveu com os braços, segurando-nos perto dele. "Não esperem ninguém sair! Só entrem!", ele berrou em meio ao barulho.

Prendi a respiração. Não tinha a coragem necessária para fugir. Papai, Amil, eles iriam me procurar, e nunca escaparíamos dali. E então eu seria ainda mais inútil.

Se chegássemos a uma nova casa, talvez eu pudesse sair em silêncio um dia. Eles me procurariam, mas logo perceberiam que era mais fácil sem mim. Sou uma pequena e silenciosa gota de nada que atrai homens raivosos e quer ser amiga da menina errada, e que não consegue falar nem para salvar uma mãe e seus filhos.

O trem parou. Papai olhou para ele. Parecia tão cheio quanto o trem anterior, mas agora era tarde demais. Vi a mãe sentada de novo, embalando o bebê, abraçando o outro menino. Não tinha ninguém perto deles. O que aconteceria com eles?

"Vão", papai falou, nos empurrando pela porta aberta. Eu segurava a mão de Amil com força, dadi agarrava meu outro braço, papai estava atrás de nós empurrando. Subimos a escada e entramos no vagão. Todos os assentos estavam ocupados. Os cantos estavam cheios. Fomos andando pelo corredor.

O ar quente e úmido invadiu meu nariz, e eu fechei os olhos quando senti o cheiro horrível. Olhei em volta conforme seguíamos em frente aos empurrões. Todo mundo parecia sujo, faminto e com medo. Algumas dessas pessoas estavam no trem há mais de um dia. Eu ouvia os gritos e o choro dos que tinham ficado do lado de fora e não conseguiam entrar. Os condutores tentavam bloquear os vagões, e então o trem começou a se mover. Adeus, Kazi; adeus, tio Rashid; e sua casa, mamãe; adeus, Hafa; adeus, velha Índia.

Com amor, Nisha

∴ *12 de setembro de 1947*

Querida mamãe,

Vi coisas que nunca pensei que veria. Homens brigando. Sangue. Não sei se o trem vai parar e mais brigas vão acontecer e mais gente vai ser morta, inclusive nós. Se alguém encontrar isto aqui, por favor, mande para Kazi Syed em Mirpur Khas. Por favor, lembrem-se de nós. Lembrem-se de como era quando a Índia era uma só.

Com amor, Nisha

• • • • *26 de setembro de 1947*

Querida mamãe,

Faz duas semanas desde meu último relato. No começo eu não conseguia escrever para lhe contar o que acontecia, mas agora é necessário. Se registrar tudo aqui, talvez você possa me ajudar a suportar. Na última vez que escrevi, estávamos no trem. Tínhamos viajado por mais ou menos uma hora quando o trem começou a reduzir a velocidade. Eu não conseguia enxergar através da janela porque estava sentada no chão, mas vi muita gente olhando para fora.

"Por que estamos indo mais devagar?", perguntou dadi.

"Estão parando o trem!", um homem gritou.

Papai nos segurou pelo braço e nos fez ficar em pé. Depois empurrou as pessoas e também olhou para fora.

Notei as mãos de dadi, o azul-claro e acinzentado das veias sob a pele marrom fina e seca. Segui as veias até a ponta de seus dedos. Eles tremiam. Isso é do que me lembro antes de tudo acontecer:

das mãos dela tremendo como um quadro na parede quando ocorre um terremoto. Mamãe, ainda não consigo lhe contar. Achei que pudesse, mas estou ficando enjoada. Vou tentar de novo amanhã.

Com amor, Nisha

*27 de setembro de 1947*

Querida mamãe,

Dessa vez vou contar da melhor maneira que puder, prometo. Não me lembro de tudo. Há trechos em que minha memória se apaga. Talvez eu tenha visto até mais. Mas vou contar o que lembro.

Havia homens, uns quatro, provavelmente. Eles deviam ter bloqueado os trilhos. Só sei que o trem reduziu a velocidade, os freios guincharam e fomos todos jogados para a frente, uns sobre os outros. Havia corpos caindo, pés nos rostos das pessoas. Amil e dadi caíram em cima de mim. Depois de alguns instantes, nós nos levantamos.

Ouvi o grito antes de vê-los. Vi as mãos de dadi tremerem e ouvi os barulhos cada vez mais altos. O som de pés furiosos batendo no chão, marcando a terra. As mulheres em nosso vagão seguravam seus filhos. Dadi, Amil e eu nos mantínhamos juntos, e papai olhava pela janela.

"Para trás", papai gritou de repente, nos empurrando para longe da porta principal, em direção ao meio do vagão. Dois condutores passaram por nós gritando, brandindo facas. Um deles tinha uma arma. Você já ouviu um homem adulto gritar, mamãe? É muito estranho. Tudo parecia acontecer em câmera lenta, e era como se eu não estivesse no meu corpo, como me senti quando o homem pôs a faca no meu pescoço. Torci para que fosse um sonho, para que eu tivesse dormido no chão do trem.

Os homens haviam subido a escada e começavam a entrar no nosso vagão, mas nossos condutores conseguiram empurrá-los de volta. Todos eles brandiam suas armas, fazendo barulhos altos e ensurdecedores, sobre-humanos. Tampei os ouvidos. Um condutor pisou no meu dedão, o esmagou e seguiu em frente. Olhei para baixo e vi sangue perto da unha. Vi o sangue escorrer por meu dedo até Amil me puxar para perto dele e dadi.

Papai estava na frente nos protegendo, as mãos estendidas. Dadi, Amil e eu nos abaixamos, com outras mulheres e crianças. Havia outra mãe perto de nós, agarrada aos três filhos, um bebê e duas meninas. Eu sentia a respiração de uma delas em meu rosto. Tinha um cheiro ruim. A mulher murmurava preces. Amil e eu apertávamos a mão um do outro, e eu pensei: se eu morrer, fico contente por estar aqui com meu irmão, a outra metade de mim.

Eles brigavam lá fora. Nesse ponto, papai e muitos outros passageiros correram até as janelas para olhar. Amil me puxou para uma fresta embaixo de uma das janelas e nós também olhamos, as cabeças colada às de outros passageiros. Os homens se socavam e se esfaqueavam. Um homem gritou que os hindus eram assassinos. Os homens do nosso trem faziam a mesma acusação contra os muçulmanos. Alguns passageiros começaram a responder às acusações e saíram para se juntar aos outros homens, as esposas puxando seus braços e implorando para que não fossem. Havia sangue. Muito sangue. A perna de um homem cortada, a garganta de outro cortada. Um homem esfaqueado no peito. Um tiro. Também havia sikhs, todo mundo tentando matar todo mundo. Um muçulmano caiu. Um hindu caiu. Um sikh caiu, e seu turbante se soltou. Vi um homem muçulmano no chão com a garganta rasgada, os olhos revirados para cima. Ele havia caído ao lado de um condutor hindu cujo peito sangrava muito. Estavam próximos, as mãos se tocando. Morreriam daquele jeito. E eu os vi, mamãe. Eu os vi morrer daquele jeito.

O trem começou a se mover. Os hindus que continuavam vivos embarcaram. Olhei para os homens caídos no chão, morrendo. Por quê? Eu não sabia. Mais vingança? Meu corpo inteiro tremia. Nunca tinha visto alguém matar outra pessoa. Aquilo me modificou. Eu pensava que boa parte das pessoas eram boas, mas agora imagino que qualquer um pode ser um assassino. Quem foi o primeiro, mamãe, o primeiro a matar quando decidiram separar a Índia?

Pouco depois de seguirmos viagem, minha cabeça girou e tudo escureceu. Não me lembro de mais nada até papai me sacudir. Amil e dadi estavam ao meu lado, juntos. Eu tinha desmaiado? Tinha dormido no chão do trem? Quanto tempo havia passado?

Papai sacudia meu ombro com cuidado, os olhos brilhando. "Amil, Nisha, chegamos", ele disse.

Com amor, Nisha

• ·  *28 de setembro de 1947*

Querida mamãe,

Nem contei para você onde estamos agora. Estamos em Jodhpur. Estamos na nova Índia. A antiga desapareceu. Estamos em um apartamento de um cômodo sobre uma loja de temperos que tio Raj e tio Rupesh arrumaram para nós. Há uma cozinha pequena com pia e fogão. Ladrilhos rachados verdes e amarelos cobrem o chão. Tem uma sala de banho com um ralo no chão, uma corrente presa a um chuveiro que despeja jatos de água fria e um banheiro no fim do corredor, do lado de fora do nosso apartamento. Só tem água algumas horas por dia, mas tem água corrente, pelo menos. Quando chegamos, havia areia e formigas por todos os lados, mas limpamos tudo da melhor maneira possível. Mesmo assim, não é fácil morar em um cômodo escuro e empoeirado. Não sei por quanto tempo vamos ficar aqui.

    De algum jeito, quando estávamos andando, eu não conseguia me imaginar sozinha, nunca quis. Mas, agora que estamos fora de perigo, sinto falta de sentar no jardim de nossa antiga casa na colina para ver o pôr do sol, ou de ficar sozinha no quarto quando Amil não estava lá, ou de ir em segredo ao quarto do papai ou à cozinha. Sempre havia alguma coisa para explorar, sempre havia um lugar onde ficar sozinha e quieta. Também sinto saudade da casa de tio Rashid, sua casa, mamãe. Sinto saudade de ficar deitada no sofá lendo livros, mesmo sem poder sair.

Agora há uma mesa, cadeiras e um espaço para nossas esteiras, só isso. Não tem nada nas paredes de calcário. Temos um teto. Estamos vivos. Estamos seguros. Então como posso reclamar? Como me atrevo a reclamar, quando tantos outros nem chegaram até aqui? Tio Raj e tio Rupesh moram com as famílias no mesmo quarteirão em apartamentos parecidos, e jantamos todos juntos em nossa casa ou na deles, meus cinco primos, Amil e eu sentados no chão em torno de um tapete com pratos amassados de metal no colo. É bom vê-los aqui, mas só consigo pensar em tudo que perdemos. Isso significa que sou uma pessoa horrível?

Penso muito em nossas mangueiras, muitas delas. Penso no som de insetos e aves ao anoitecer. Penso no canavial e em Kazi. Penso em Kazi o tempo todo. Quero fingir que não sinto saudade dele, mas sinto, muita. Ele foi meu único amigo de verdade, de algum jeito.

Jodhpur é uma cidade grande e quente. A única coisa que gosto nela é que aqui ninguém está tentando nos matar, e muitas casas são pintadas de um lindo azul.

Meus pesadelos algum dia vão acabar? Eu vou parar de pensar nas coisas que vi no trem? Elas passam por minha cabeça todos os dias, como um rádio ligado ao fundo. Papai disse que depois que chegamos aqui, depois que nos acomodamos e ficamos seguros, milhares de pessoas morreram atravessando a fronteira para os dois lados. Talvez os deuses tivessem olhado por nós, ele disse, e papai nunca fala assim. Ele também disse que nem era tão perigoso onde estávamos. Disse que todo tipo de gente, homens, mulheres e crianças, foi morta de maneiras inimagináveis e ainda era. Ele disse que os trens chegavam às estações cheios de pessoas mortas dos dois lados da fronteira. Todo mundo culpa o outro. Hindus, muçulmanos, sikhs, todos fizeram coisas horríveis. Mas o que eu fiz? O que papai, dadi e Amil fizeram? O que Kazi fez? Quero saber quem eu posso culpar, mamãe, pelos pesadelos que agora me acordam todas as noites. Deve ser culpa de alguém. Talvez eu culpe todo mundo.

Com amor, Nisha

• • • *3 de outubro de 1947*

Querida mamãe,

Estamos aqui há quase três semanas. Não tenho escrito. Não sei por quê. Meu cérebro está cheio de sujeira. Passo a maior parte do tempo muito triste. Eu não devia estar feliz agora?

    Amil e eu começamos na escola na semana passada. Agora estou aprendendo hindi, o que me ajuda a não pensar nas coisas nas quais não quero pensar. Mas eu nunca falo isso em voz alta. Papai encontrou trabalho em uma clínica. Dadi varre o apartamento muitas vezes e voltou a cantar e a escrever cartas que não vai deixar ninguém ver. Eu ainda não falo com ninguém, nem com Amil, e ele parou de pedir. Agora vai fazer amigos na escola e não vai se importar tanto com isso. Eu me sinto péssima por ter me afastado de Amil, mas não consigo falar. Não é uma opção. As palavras simplesmente não saem. Quando as imagino faladas em voz alta, parecem ensurdecedoras, como se o som pudesse machucar alguém de verdade. Pelo menos as coisas estão melhores entre papai e Amil. Desde que chegamos aqui, papai é mais gentil com ele e tenta ajudá-lo com os deveres da escola. Acho que é porque papai teve que realmente imaginar que Amil partiria para sempre, e viu que isso seria horrível.

Papai também continua implorando para eu falar. Ele nunca fez isso. Ele se ajoelha a minha frente todas as noites com os olhos cheios de lágrimas e pede desculpas por ter me tratado de forma tão ríspida quando deixamos a casa de tio Rashid, diz que agora nada disso tem importância, que o importante era estarmos seguros e vivos. Ele me pediu perdão. Perguntou o que podia fazer. Nunca o vi desse jeito. O que posso dizer a ele? Que é melhor para todo mundo se eu não falar? Que as únicas palavras que tenho para dizer são as que ninguém quer ouvir e que, mesmo que eu quisesse, meu corpo não deixa? Em vez disso, toco o ombro dele. *Estou bem, papai,* escrevo em um pedaço de papel que mostro a ele. Papai lê e diz que não preciso mais ser tão corajosa. Fico tão perplexa que solto o lápis. Papai acha que sou corajosa? Por quê?

Todos os dias, depois da escola, vou ao mercado com Amil e dadi e compramos nossa comida. Agora só eu cozinho. Papai e dadi deixam. Cozinho até para a família de tio Raj e tio Rupesh. Ninguém mais se incomoda em saber se sou crescida o bastante para ser cozinheira. Eu devia estar feliz com isso, mas não é um sentimento de alegria ou tristeza. É só uma coisa que eu tenho que fazer. O cheiro do arroz fervendo, a sensação da faca cortando um tomate fresco, cebolas fritando e sementes de mostarda caindo na panela. Essa é a única coisa que faz com que eu me sinta melhor.

Ontem à noite tio Raj trouxe um rádio que ouvimos enquanto jantávamos. Foi aniversário de Gandhiji. O locutor da rádio disse que Gandhi passou seu aniversário jejuando e fiando em sua roca. Ele também disse que muita gente foi visitar o Mahatma e oferecer bons votos, mas Gandhi não estava alegre. Ele estava triste porque hindus e muçulmanos ainda estão brigando e se matando. Entendo como ele se sente. Quando Gandhiji fia, talvez encontre um pouco de paz, como quando eu cozinho.

Com amor, Nisha

• • • ● **5 de outubro de 1947**

Querida mamãe,

Tem uma menina na escola. Ela é muito pequena e usa duas tranças, uma de cada lado. Ela me segue por todos os lados, mas não fala nada, e é claro que não digo nada a ela. Ela senta ao meu lado na sala de aula e na hora do almoço, e não falamos com ninguém. Às vezes ela olha para mim e dá um sorrisinho, mas isso me deixa com medo de olhar nos olhos dela, então abaixo a cabeça depressa. Não sei nem o nome dela. Não sei se é de Jodhpur ou se veio para cá como eu. Ela viu alguém morrer? Viu coisas piores que as que eu vi? Quero fazer essas perguntas a ela, mas não posso. Estou destruída. Estou destruída e mais que destruída.

    A escola é muito maior que aquela que eu frequentava antes. Também é mista, com meninos e meninas. É bom voltar a estudar. Gosto de abaixar a cabeça e escrever palavras, fazer contas, e tento não pensar em mais nada. Mantenho os lápis bem afiados. Mas tem essa menina. Queria que ela me deixasse em paz.

Com amor, Nisha

*. .˙* *15 de outubro de 1947*

Querida mamãe,

Alguma coisa aconteceu. Ainda acho que não é real, por isso não lhe contei. Acho que tenho que esperar para escrever sobre isso, porque tenho medo de estar sonhando. Se escrever, posso acordar. Acho que é um presente seu, mamãe. De que outra maneira algo assim poderia acontecer?

Com amor, Nisha

· ·   18 de outubro de 1947

Querida mamãe,

Três dias se passaram e estou pronta para escrever, porque agora acredito que é real. Quando Amil e eu chegamos da escola, havia um homem abaixado na viela que leva à escada dos fundos para nosso pequeno apartamento. Ele era magro e estava imundo, com o cabelo e a barba muito compridos e emaranhados. Amil segurou meu braço.

"Vamos buscar o papai na clínica", disse em voz baixa, me puxando para longe dali.

Concordei balançando a cabeça, mas estava pensando em dadi lá dentro. E se ela saísse para ir ao mercado? O homem parecia fraco demais para ser perigoso. Ele começou a estender a mão. Amil e eu recuamos.

"Amil, Nisha", ele disse com voz rouca. Como sabia nossos nomes? Ele olhou para nós, levantou o rosto muito magro, e seus olhos encontraram os meus. Eu conhecia aqueles olhos. Conhecia aquela voz. Era como se estivesse me equilibrando na crista de uma grande onda que agora quebrava na praia.

"Kazi", murmurei, caindo de joelhos. Não foi difícil dizer o nome dele. Era como se minha voz esperasse por esse momento.

Amil correu para ele e o ajudou a levantar. Ele o envolveu com os braços. Eu chorava, tremia, escondia o rosto com as mãos. Tinha medo de olhar, medo de ter só imaginado que era ele, de descobrir que era só alguém em busca de comida.

"Nisha", chamou Amil. "Ajude-me."

Levantei a cabeça devagar e vi que ainda era Kazi. Seu rosto se contorcia como se estivesse chorando, mas não havia lágrimas. Eu me aproximei e segurei sua mão, que estava coberta de sujeira. Com os olhos turvos pelas lágrimas, belisquei a pele do dorso de sua mão como papai fazia comigo quando não tínhamos água. A pele se manteve no formato em que a deixei.

"Ele precisa de um médico. Vá", disse a Amil. "Vá buscar papai."

Era estranho que, de repente, eu era a pessoa que mais falava. Amil me encarou por um segundo.

"Vá", repeti, e o empurrei de leve pondo a mão em seu peito. "Vou levá-lo para cima", avisei.

"Tem certeza?", perguntou Amil.

"Sim, por favor, vá depressa."

Amil tocou o braço de Kazi e saiu correndo.

"Como você...?", comecei, mas Kazi me fez parar.

"Mais tarde", conseguiu dizer.

Eu tinha falado o suficiente para alguém me fazer calar, para Kazi me fazer calar. Se ele não parecesse tão fraco e doente, eu teria pulado de alegria. Isso não podia ser real, pensava. Talvez tivéssemos morrido no trem e reencarnado, e agora vivíamos uma vida diferente. Ele usou um braço para se apoiar em mim. Seu cheiro forte de suor era familiar. O cheiro da caminhada para chegarmos aqui. Cheiro de dor. Subimos a escada com esforço para encontrar dadi.

"Oh!", dadi exclamou, cobrindo a boca com a mão quando entramos.

"É Kazi, é Kazi", falei, sem acreditar em minhas palavras.

Dadi assentiu e, chorando, o ajudou a sentar-se em uma cadeira. Ele desabou. Eu me ajoelhei diante dele enquanto dadi ia buscar um pouco de água e uma tigela de arroz.

Ajudei a aproximar a caneca de seus lábios. Ele bebeu devagar. Eu o alimentei com pequenas porções de arroz, depois com porções maiores.

"Devagar", disse dadi, que ainda chorava e batia de leve na mão dele muitas vezes.

Kazi está aqui conosco.

Quando papai chegou, minha voz sumiu. Ele examinou Kazi da cabeça aos pés, ouviu seu coração, mediu a pressão. Kazi comeu e bebeu um pouco mais, e papai o levou à sala de banho para ajudá-lo a se limpar. Depois papai acomodou Kazi em sua esteira. Todos nos ajoelhamos em volta dele.

"Tive que vir procurá-los. Vocês são minha família. Não tenho uma, como sabem. Não tenho irmãos. Meus pais morreram. Dadi escreveu para mim contando onde vocês estavam", ele falou antes de mergulhar em um sono profundo.

"É um milagre", disse ela chorando baixinho, segurando a mão dele.

Naquela noite, papai dormiu sobre um cobertor fino no chão, usando uma camisa enrolada como travesseiro. Amil e eu oferecemos nossos travesseiros, mas papai os recusou.

"Kazi vai ficar bem?", cochichou Amil antes de todos nós pegarmos no sono.

"Acho que sim", papai respondeu balançando a cabeça.

"Kazi pode ficar conosco? Porque, sabe, ele é...", começou Amil.

"Ele é da família", papai declarou.

Quando fui dormir naquela noite, eu me sentia em paz como nunca tinha me sentido antes. Estávamos juntos de novo. Nehru, Jinnah, Índia e Paquistão, os homens que lutam e matam... Vocês não podem nos separar. Não podem apartar o amor.

Às vezes penso sobre por que estamos vivos, quando tantos outros morreram por nenhum motivo fazendo a mesma caminhada, atravessando a mesma fronteira. Todo aquele sofrimento, toda aquela morte, por nada. Nunca entenderei, enquanto viver, como um país pode mudar tanto da noite para o dia a partir de uma única linha divisória.

Mas, pelo menos, eu não precisava mais ficar pensando no que aconteceria com Kazi, ou se ele iria viver com outra família. O sentimento é muito novo, como uma joia brilhante para a qual não consigo parar de olhar. Pelo menos esse buraco em meu coração foi preenchido. Posso cozinhar com ele de novo. Posso falar com ele. Por alguma razão, ele é a única pessoa com quem quero falar.

Com amor, Nisha

*∴* *10 de novembro de 1947*

Querida mamãe,

Tem mais uma coisa que ainda não lhe contei. Kazi trouxe uma parte de uma de suas pinturas, mamãe, só um quadrado de tela rasgado da moldura, a pintura lascada. É a mão segurando o ovo. Quase desmaiei quando ele a mostrou para nós. Como ele sabia quão especial a pintura era para mim? Lembrei de nossa casa, do lugar onde papai guardava suas pinturas. Ali estava um pedaço de você, trazido para nós das cinzas de nossa antiga vida. Papai pegou a pintura.

"Obrigado", ele disse, apoiando a mão no ombro de Kazi. Tive a impressão de que lágrimas se formavam nos olhos de papai, mas ele piscou e elas desapareceram. Isso aconteceu há algumas semanas. Ontem, papai chegou em casa e pendurou um quadro na parede. Ele pôs outra moldura na sua pintura. É muito menor do que era, mas a parte importante está aqui. A mão. O ovo. Ele a pendurou na parede sobre nossa mesa.

Kazi está cozinhando de novo, e não sou só sua ajudante. Cozinhamos juntos, Kazi e eu, nesta pequena cozinha. Ele foi ao mercado com Amil assim que se sentiu bem o bastante e trouxe ingredientes para sai bhaji, o prato que sempre vai me lembrar de casa. Enfileiramos o espinafre, os tomates, cebolas, pimentas e outros ingredientes em cima da mesa. Fui buscar o pilão que mantinha na bolsa ao lado da minha esteira. Não quis olhar para ele desde que chegamos aqui. Era muito triste. Eu embrulhava os temperos em uma toalhinha e os amassava com uma pedra.

Levei o pilão para Kazi. Ele sorriu para mim e assentiu.

"Boa menina", disse. "Agora ele é seu."

Lavei o pilão e pus um punhado de sementes de cominho na vasilha. Apertei as sementes com o pilão, sentindo o peso e o frio do mármore branco em minha mão. Nunca pensei que pudesse me sentir tão feliz amassando temperos.

Papai está tentando encontrar um apartamento maior para nós para podermos ter mais cômodos e móveis, mas agora eu até que gosto daqui. Este sempre será o lugar onde recomeçamos a vida. O lugar onde Kazi reapareceu e me fez sentir amada. Ele arriscou a vida para estar conosco. Eu teria feito a mesma coisa?

Mesmo assim, vai ser bom ter mais espaço e camas de verdade. Penso em nossa antiga casa, a sala principal, os corredores, nosso quarto, o quarto de papai, o escritório, os jardins, o chalé de Kazi. Não sabia que éramos tão ricos até ficarmos pobres. Mas papai está trabalhando muito na clínica, e não creio que seremos pobres para sempre. Jodhpur não é ruim, é muito quente, mas as pessoas são simpáticas. Ninguém pergunta sobre Kazi. Todo mundo cuida da própria vida. Kazi não usa mais seu chapéu fora de casa. Queria saber se isso o incomoda. Ele usa as roupas de papai. Ainda faz suas orações em um tapetinho que papai arrumou para ele. Quando ouço sua voz cantando, isso me preenche. Às vezes ouço o canto agudo de dadi ao fundo, suas canções hindus e as preces muçulmanas de Kazi, uma música rica e doce formada pelas duas vozes.

Peço desculpas por estar escrevendo menos. Pode ser porque a vida se tornou mais normal, mas estou muito feliz por ter criado esse espaço para você, para nós. É onde posso encontrá-la sempre que preciso. Sempre vou lhe contar as coisas importantes, e prometo, mamãe, que, aconteça o que acontecer, você nunca vai estar sozinha.

Lembra daquela menina na escola? Ela finalmente falou comigo. Perguntou meu nome, mas eu não consegui responder. Só abaixei a cabeça. Ela então fez algo incrível. Inclinou-se. Pôs a mão no meu ombro. Disse que estava tudo bem, e que eu não precisava falar. Senti as lágrimas inundando meus olhos. Escrevi *obrigada* em meu caderno e mostrei para ela. Depois escrevi *meu nome é Nisha*. Ela disse que se chama Sumita. Nenhuma menina na escola jamais foi tão boa comigo.

    Tomei uma decisão. Vou tentar falar com Sumita, nem que seja a última coisa que eu faça. Quero que você me veja com uma amiga de verdade, e quero sentir como me senti com Hafa. Pode demorar um pouco, mas vou tentar, porque Sumita é a primeira pessoa que já me disse que posso simplesmente ser quem eu sou, e que está tudo bem. Quero ser corajosa, mas, mamãe, talvez eu já seja.

Com amor, Nisha

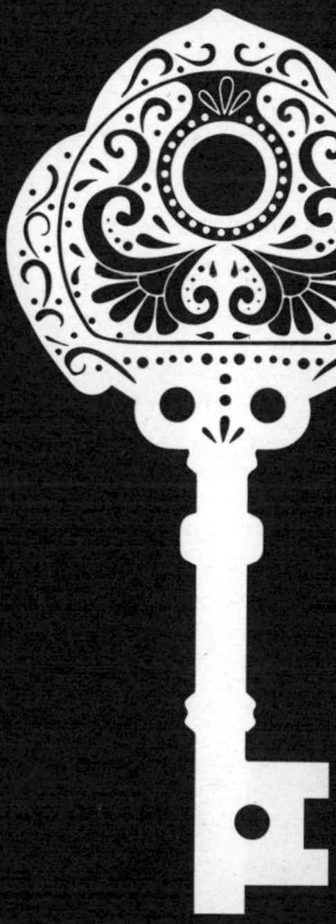

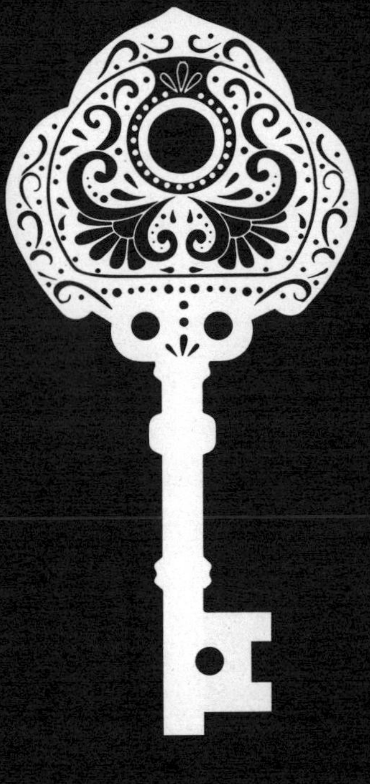

# POR UM FUTURO MAIS PACÍFICO
*Nota da autora*

Entre os dias 14 e 15 de agosto de 1947, a Índia se tornou independente do governo inglês e foi dividida em duas repúblicas, Índia e Paquistão. A divisão aconteceu depois de séculos de tensão religiosa entre indianos hindus e indianos muçulmanos. Muita gente não queria a Índia dividida em dois países, mas os líderes acabaram chegando a essa decisão em comum acordo.

    Os conflitos eclodiam periodicamente em algumas regiões da Índia. Antes da divisão, porém, havia áreas onde pessoas de várias religiões, inclusive muçulmanos, hindus, sikhs e populações religiosas menores, como parses, cristãos e jainas, viviam lado a lado de forma harmoniosa. Durante a travessia das fronteiras, as tensões cresceram muito e ocorreram confrontos e assassinatos entre muçulmanos que entravam no Paquistão e hindus e pessoas de outras religiões entrando na Índia. Grande parte da violência ocorreu em lugares antes pacíficos. Estima-se que mais de catorze milhões de pessoas atravessaram as fronteiras e que pelo menos um milhão morreu durante essa movimentação (alguns dizem mais, alguns dizem menos) — uma das maiores migrações em massa da história.

A família fictícia descrita neste romance vivia em uma dessas áreas, e suas experiências são livremente inspiradas em minha família paterna. Meu pai, com seus pais e irmãos (meus avós, tias e tios), teve que atravessar a fronteira de Mirpur Khas para Jodhpur exatamente como a personagem principal, Nisha, faz neste livro. A família de meu pai fez a travessia em segurança, mas perdeu a casa e muitos bens, e teve que recomeçar em um lugar estranho, como uma família de refugiados. Eu queria entender mais sobre o que meus parentes enfrentaram, e esse é um dos grandes motivos para eu ter escrito este livro.

Os principais nomes no poder nesse tempo eram Mohammed Ali Jinnah, líder da Liga Muçulmana; Jawaharlal Nehru, líder do Congresso Nacional Indiano; lorde Mountbatten, vice-rei britânico enviado à Índia para liderar a transição rumo à independência; e Mahatma Gandhi, ex-líder do Congresso Nacional Indiano e ativista pacifista. Jinnah acreditava que a minoria muçulmana não seria representada com justiça no novo governo indiano e queria um estado separado. Nehru e Gandhi não queriam ver a Índia dividida e acreditavam que uma Índia unida seria uma Índia melhor. Todos que estavam no poder queriam relações pacíficas entre os grupos, mas discordavam sobre a melhor maneira de garanti-las.

Existiram e ainda existem diversas teorias sobre quem desempenhou o maior papel na criação desse conflito. Muitos culpam o "outro lado" pela violência decorrente, e muitas pessoas que sofreram atos terríveis e perderam membros da família nunca poderão perdoar seus agressores. A jornada de Nisha e sua família foi mais difícil que algumas, inclusive a de meu pai, e mais fácil que outras. Esta história é uma combinação da história conhecida e de cenários imaginários para a criação de um relato que poderia ter acontecido nesse período.

Ainda existem tensões entre certos grupos de hindus e muçulmanos hoje em dia, bem como entre muitos grupos religiosos no mundo todo. Espero que lembrar os erros do passado possa criar um futuro mais esclarecido, tolerante e pacífico. Aceitar as diferenças sempre foi um grande desafio para a humanidade e isso se manifestou de milhares de maneiras. Essa foi uma delas.

# PALAVRAS DE UMA VIDA
## *Glossário*

Aqui estão algumas palavras mencionadas neste livro e usadas comumente na Índia e no Paquistão.

**ALOO TIKKI:** Massa frita de batata feita com cebolas e temperos.

**AZAN:** É o chamado que anuncia a hora de iniciar a oração.

**BANSURI:** Flauta transversal de bambu tocada frequentemente na música clássica indiana.

**BINDI:** Ponto que mulheres hindus usam no centro da testa e que possui diferentes significados relativos a religião, classe e estado civil.

**BIRYANI:** Prato feito com arroz basmati, carneiro (carne de bode ou carneiro adulto), ervas e temperos.

**BRAHMA, VISHNU E SHIVA:** Três divindades que os hindus acreditam ser responsáveis pela criação, preservação e destruição do universo. Brahma é o criador do universo. Vishnu é o preservador. Shiva é o destruidor, para Brahma poder criar de novo.

**CHAPATI:** Pão pequeno, chato e sem fermentação, cozido em frigideira.

**CÍTARA:** Instrumento de cordas tocado com mais frequência na música clássica indiana.

**CRÍQUETE:** Jogo muito popular, com bastão e bola, jogado na Índia, no Paquistão, na Inglaterra, na Austrália e em vários lugares do mundo.

**DADI:** Palavra hindi, sindhi e urdu que representa a avó do lado paterno.

**DAL:** Refogado simples, feito de lentilhas ou ervilhas partidas e temperos. Também pode significar lentilhas ou ervilhas partidas e secas.

**DHOTI:** Traje masculino que consiste em um tecido enrolado na cintura que chega a cobrir as pernas.

**DIWALI:** Alegre e popular festividade hindu. É um festival de luzes que acontece durante cinco dias. Casas são limpas e decoradas para a festa. Pessoas vestem roupas novas e fazem preces para uma ou mais divindades. Elas também se reúnem com amigos e familiares para acender velas e fogueiras, trocar presentes e comer. O festival significa o triunfo da luz sobre a escuridão.

**DUPATTA:** Echarpe usada tipicamente com um traje chamado salwar kameez.

**GHEE:** Manteiga clarificada, ou que teve os sólidos do leite e a água removidos durante o cozimento.

**GULAB JAMUN:** Sobremesa feita com bolas de leite em pó fritas e cobertas com calda de água de rosas.

**HINDU:** Seguidores do hinduísmo, a mais antiga organização religiosa conhecida e ainda hoje existente. O hinduísmo é uma religião com uma filosofia diversa baseada em várias divindades e textos — os Vedas, os Upanixades, o Mahabharata e o Ramayana. Há mais de um bilhão de hindus no mundo hoje, e a maioria está localizada na Índia.

**JI:** Sufixo adicionado a nomes como expressão de honra e respeito, como em Gandhiji.

**JODHPUR:** Cidade de médio porte localizada no estado indiano do Rajastão.

**KAJU KATLI:** Doce em forma de estrela feito de castanhas-de-caju processadas e adoçadas.

**KEBAB:** Prato de carne fatiada ou moída com temperos, normalmente grelhada em um espeto. Também se podem usar vegetais ou queijo.

**KHEER:** Pudim doce feito normalmente com arroz e leite, aromatizado com cardamomo, açafrão, passas ou castanhas.

**KURTA:** Camisa longa, em estilo de túnica.

**(O) MAHABHARATA:** Poema épico indiano e o mais antigo poema épico escrito que se conhece. É um texto importante no hinduísmo. Acompanha o destino de dois grupos de primos em guerra: os Kauvaras e os Pandavas.

**MIRPUR KHAS:** Cidade de médio porte localizada na província Sindh do Paquistão.

**MUÇULMANO:** Seguidor da religião do Islã. O Islã foi criado no século VII pelo profeta Maomé. Os muçulmanos seguem os ensinamentos de um livro chamado Alcorão. Há aproximadamente 1,6 bilhão de muçulmanos no mundo hoje em dia, com a maioria vivendo no Oriente Médio, norte da África, Ásia Central e sul da Ásia.

**PAKORA:** Petisco que consiste normalmente em um vegetal, como batata, couve-flor ou pimentão, empanado em massa temperada e frito.

**PARATHA:** Pão sem fermentação em camadas, mais frequentemente recheado com batatas, cebolas ou espinafre.

**POORI:** Pão sem fermentação, frito em óleo, que incha quando é frito.

**PUJA:** Ato de prece hindu que normalmente inclui uma oferta à divindade, como comida, flores ou uma vela acesa.

**PUNJAB:** Província da Índia governada pelos ingleses antes da Partição. Depois da Partição, o Punjab foi dividido em duas partes, com a seção ocidental integrando o Paquistão e a seção oriental, a Índia. Era uma área de conflitos extremos e tremenda violência durante a Partição.

**RASMALAI:** Sobremesa feita com bolinhos de queijo macio em um molho doce e cremoso.

**ROTI:** Termo geral para pão fino assado em

frigideira ou forno, que pode ser trocado por chapati.

**RÚPIA:** Unidade monetária na Índia e no Paquistão.

**SAI BHAJI:** Curry de espinafre comum na área de Sindh, no Paquistão, onde fica a cidade de Mirpur Khas.

**SALWAR KAMEEZ:** Traje feminino, que pode ser simples ou luxuoso. O salwar é uma calça presa no tornozelo, e o kameez é uma túnica longa.

**SAMOSA:** Massa frita em formato de pequeno triângulo, recheada com vegetais ou carne temperados.

**SÁRI:** Traje usado por mulheres e feito com tecido decorativo, enrolado no corpo de um jeito especial.

**SIKH:** Seguidor do sikhismo, que se originou na região do Punjab, na Índia, no século xv, baseado nos ensinamentos de Guru Nanak. Hoje há mais de vinte e seis milhões de sikhs no mundo, a maioria deles vivendo no Punjab.

**TABLA:** Par de tambores em que um é maior que o outro. Costuma ser usado na música clássica indiana.

**UMERKOT:** Cidade localizada na província Sindh, do Paquistão.

# AGRADECIMENTOS

Um livro precisa de muita gente para ser publicado e, portanto, sou grata a muitas pessoas:

Não sei o que faria sem minha agente, Sara Crowe, na Pippin Properties. Ela é uma das melhores no ramo, alguém que não só continua vendendo meu trabalho de maneira mágica, mas que tem sido um prazer ir conhecendo ao longo dos anos.

Também não sei como tive a sorte de poder trabalhar com o extraordinário diretor editorial Namrata Tripathi, cuja brilhante e gentil orientação e perspectiva editorial levaram essa história onde ela precisava estar. Um verdadeiro presente.

Um enorme obrigada a todos na Dial, inclusive a editora Lauri Hornik, a editora associada Stacey Friedberg, a revisora Rosanne Lauer, a editora executiva Kristen Tozzo; e todos da produção que trabalharam no livro; a equipe de design, Kristin Smith, Kelley Brady e Jenny Kelly; a equipe de marketing, inclusive Emily Romero, Erin Berger e Rachel Cone-Gorham; a equipe de publicidade liderada por Shanta Newlin; a equipe de marketing School and Library, inclusive Carmela Iaria e Venessa Carson; a equipe de vendas liderada por Debra Polansky; e todos no depósito, na embalagem e no transporte desses livros!

A meu tesouro do grupo de escrita, a extremamente talentosa Sheela Chari, Sayantani Das Gupta e Heather Tomlinson, que têm me incentivado desde a primeira palavra.

A minhas queridas leitoras Sarah e Adel Hinawi, cuja valiosa perspectiva me ajudou a dar forma a este romance.

A minha generosa e amorosa mãe, Anita Hiranandani, que sempre me faz sentir que posso fazer tudo que eu quiser, mesmo quando eu acho que não posso.

A minha irmã, Shana Hiranandani, que consegue me trazer de volta do limite quando a vida e a escrita transbordam. Minha gratidão também à esposa dela, Netania Shapiro, por ser uma leitora e uma amiga confiável.

A meus sogros, Phyllis e Hank Beinstein, que têm apoiado de maneira incansável minha família e meu ofício de escritora ao longo de tantos anos.

A meu marido, David Beinstein, um escritor talentoso e eterno apoiador amoroso, cuja disposição para ler rascunhos e mais rascunhos e comandar o navio quando estou com um prazo apertado nunca desaparece, nem mesmo quando não tomo banho. Também a meus lindos filhos, Hannah e Eli, que me inspiram a trabalhar duro porque os vejo se esforçando tanto todos os dias.

Por último, mas não menos importante, devo agradecer a meu pai, Hiro Hiranandani, cujas experiências pessoais me inspiraram a escrever sobre a Partição e cujo amor, resiliência e presença sólida e firme em minha vida me deram tanto. Agradeço também por sua disponibilidade para compartilhar suas histórias e ter tantas conversas, trocar e-mails aleatórios e mensagens espontâneas sobre a precisão do mundo de Nisha. Isso foi, de fato, a espinha dorsal deste livro. Meu imenso carinho aos pais de meus pais, meus avós, Rewachand e Motilbai; as irmãs dele, minhas tias, Padma e Drupadi; e seus irmãos, meus tios, Naru, Gul, Vishnu e Lachman; e às milhões de vidas que foram para sempre e dolorosamente alteradas com a Partição da Índia em 1947.

VEERA HIRANANDANI foi criada em uma pequena cidade de Connecticut, nos Estados Unidos e não conhecia nenhuma criança como ela onde morava. Sua mãe é uma norte-americana judia e seu pai vem de uma família indiana e hindu. Crescer ao lado de duas culturas tão distintas a fez encarar o mundo de um jeito diferente, e ela acredita que não teria se tornado escritora sem isso. Assim como Nisha, era muito tímida e gostava de observar as pessoas ao seu redor. Quando não estava jogando videogames, passava as horas livres lendo, inventando histórias, desenhando e fazendo biscoitos. Atualmente, passa seu tempo escrevendo e dando aulas de escrita. Mora em uma cidade pequena com o marido, dois filhos e um gato extremamente temperamental. Saiba mais em veerahiranandani.com

# DARKLOVE.

Todos deveríamos poder ir e vir, descobrir e redescobrir, visitar, mudar, trocar de lugar seguindo o vento e o tempo do coração. Cabe a nós buscar informação e fazer parte da grande mudança.

DARKSIDEBOOKS.COM